須賀敦子の本棚 3
池澤夏樹＝監修

Le piccole virtú NATALIA GINZBURG

小さな徳

ナタリア・ギンズブルグ　白崎容子訳

河出書房新社

目次

著者序文　3

第一部

アブルッツォの冬　10
ぼろ靴　18
ある友人の肖像　22
イギリスに捧げる讃歌と哀歌　33
メゾン・ヴォルペ　44
彼と私　52

第二部

人間の子ども　68
私の仕事　73
沈黙　93
人間関係　99
小さな徳　123

訳者あとがき　139
解説、あるいは人の口から出る言葉　池澤夏樹　158

著者序文

本書に収めたエッセイは、さまざまな新聞や雑誌に掲載されたものである。これらの単行本としての出版をご快諾くださった新聞・雑誌各社にお礼を申しあげる。

各エッセイの執筆地と執筆年は、以下のとおりである。

「アブルッツォの冬」(Inverno in Abruzzo) ローマ、一九四四年秋 「アレトゥーザ」誌

「ぼろ靴」(Le scarpe rotte) ローマ、一九四五年秋 「イル・ポリテクニコ」誌

「ある友人の肖像」(Ritratto d'un amico) ローマ、一九五七年 「ラディオコッリエーレ」誌

「イギリスに捧げる讃歌と哀歌」(Elogio e compianto dell'Inghilterra) ロンドン、一九六一年春 「イル・モンド」誌

「メゾン・ヴォルペ」(La Maison Volpé) ロンドン、一九六〇年春 「イル・モンド」誌

「彼と私」(Lui e io) ローマ、一九六二年夏 おそらく未発表。

「人間の子ども」(Il figlio dell'uomo) トリノ、一九四六年 「ルニタ」紙

「私の仕事」(Il mio mestiere) トリノ、一九四九年秋 「イル・ポンテ」誌

「沈黙」(Silenzio) トリノ、一九五一年秋 「クルトゥーラ・エ・レアルタ」誌
「人間関係」(I rapporti umani) ローマ、一九五三年春 「テルツァ・ジェネラツィオーネ」誌
「小さな徳」(Le piccole virtú) ロンドン、一九六〇年春 「ヌオーヴィ・アルゴメンティ」誌

執筆の時期は、文体の違いの目安として意味を持つ。修正はほとんど加えなかった。執筆しているそのときでなければ、私は自分の書いたものに手を加えることができない。時間が経つと、どう修正すればよいのかわからなくなってしまうのだ。そんなわけで、本書はおそらく文体の統一がとれていない。それについてはお詫び申し上げる。

本書を、名前は伏せておくが、ひとりの友人に捧げる。その人は本書のどこにも登場しないけれど、その大半において私の秘密の相談相手になってくれた。その人とときおり言葉を交わすことがなかったら、これらのエッセイのほとんどは、書いていなかったと思う。その人は、私が書こうとしていたいくつかのことについて、まっとうであると認めてくれ、自由な表現へと導いてくれた。

私の愛情と大いなる友情の証《あかし》を、この場を借りてその人に伝えたい。本物の友情がいつもそうであるように、意見の衝突という激しい火花のあいだをくぐりぬけた友情だった。

一九六二年十月 ローマにて

訳注（掲載紙誌について）

「アレトゥーザ」解放後のイタリアで最初に刊行された文芸誌（一九四四〜四六年）。

「イル・ポリテクニコ」エリオ・ヴィットリーニがミラノで創刊した政治・文芸誌（一九四五〜四七年）。

「ラディオコッリエーレ」国営放送局ＲＡＩの週刊機関誌。

「イル・モンド」一九四九年にローマで創刊された政治・経済・文芸誌。

「ルニタ」一九二四年にアントニオ・グラムシが創刊した共産党機関紙。

「イル・ポンテ」一九四五年フィレンツェで創刊された政治・経済・文化文芸誌。

「クルトゥーラ・エ・レアルタ」一九五〇年創刊の隔月誌。

「テルツァ・ジェネラツィオーネ」カトリック左派の若者たちが一九五三年に創刊した雑誌。リーダーはフェリーチェ・バルボ。

「ヌオーヴィ・アルゴメンティ」一九五三年にローマでアルベルト・モラヴィアらが創刊し、後にピエール・パオロ・パゾリーニらも関与した季刊誌。

小さな徳

第一部

アブルッツォの冬

神が平和のひとときを作りたもうた。[1]

アブルッツォの季節は、夏と冬のふたつしかない。春は冬のように雪は降るし風も強い。秋は夏のように暑くて空は澄んでいる。夏は六月に始まり十一月に終わる。干上がった低い丘を太陽がいつまでも照らして夕暮れがなかなか訪れない日々が終わりを告げ、道から黄色い土けむりが立ち上らなくなって子どもたちの赤痢が終息すると、冬の始まりだ。人びとは日がな一日道端で過ごすのをやめ、教会の石段からは裸足の子どもの姿が消える。これから私が語る村[2]では、最後の収穫が終わると男の大半が村から姿を消した。テルニ[3]、スルモーナ[4]、あるいはローマへと出稼ぎに行くのだ。家造り職人の村なので、小ぶりのお屋敷を思わせる、小さな円柱まであしらったテラスつきの瀟洒な造りの家もあった。ところが一歩足を踏み入れると、大きな台所の暗がりに生ハムが吊るしてあるのにはびっくりするし、部屋はだだっ広くて殺風景でなんともわびしかった。台所では竈《かまど》に火が入っていて、火の種類は家によってさまざまだった。樫の根っこを薪にした豪勢な炎もあれば、道端で一本一本拾い集めた小枝や葉っぱや枯れ枝がささやかに燃える炎もあった。貧しいか金持ちかを見分けるのは容易だった。家の造りや住まう人のどれも似たり寄ったりの服や靴を観察するよりも、竈の火を見れば一目瞭然だった。

こうして語る村にやってきたばかりの頃、私にはどの顔もみな同じに見えた。女は、金持ちでも貧しくても若くても年寄りでも、みんなそっくりなのだ。それに、たいてい歯が欠けていた。骨の折れる家事労働と栄養バランスの悪さ、立て続けの出産と授乳のせいで、このあたりの女は三十歳になるとみんな歯が抜ける。それでもやがて少しずつ、ヴィンチェンツィーナとセコンディーナ、アンヌンツィアータとアッドロラータの見分けがつくようになると、それぞれの家にあがりこんではそれぞれに個性ある竈の火で暖をとらせてもらった。

　初雪がちらつく頃になると、なにかしらもの悲しいものがじわじわと押し寄せてきた。そこは私たちの流刑の地だった。[*5] 私たちの町[*6]は遠かった。書物も友だちも、本来の暮らしの変化に富んださまざまな出来ごとも、はるかかなただった。長い管が天井を横切る緑色のストーブを点けて、家族みんなでストーブの部屋にいた。料理をするのも食事をするのもその部屋だった。夫は楕円形の大きなテーブルで書きものをし、子どもたちは床におもちゃを散らかした。部屋の天井には一羽の鷲が描かれていた。これが流刑なんだ、鷲を見上げてはそう思った。唸り声をあげる緑のストーブ、押し黙ったままのだだっ広い原っぱと微動だにしない雪、これが流刑だった。五時に聖母教会の鐘が鳴ると、女たちは寒さで赤らんだ顔を黒のショールにくるんでミサに出かける。日が暮れると、夫と私は決まって散歩に出た。雪に足をうずめながら、毎日決まってふたり腕を組んで歩いた。道の両側には知人や友人の家が並んでいたから、みんな戸口に出てきては「今日も元気だね」と声をかけた。なかにはこんなことを尋ねる人もいた。「お国には、いつおもどりで？」「戦争が終わったらね」と夫。「で、この戦争はいったいいつ終わるんです？　先生は何でも知っておられるから。どれくらいで終わりますかね？」村の人たちは夫を「先生《プロフェッソーレ》」と呼んだ。苗字をうまく発音できなかったのだ。遠路はるばる訪ねてくる人もいた。歯を抜くのに一番好《よ》い季節は？　役所がくれる補助金は？　公共料金は？　税金は？　ありとあらゆる相談が持ち込まれた。

冬になると、年寄りがだれかしら肺炎で身罷《みまか》った。聖母教会の追悼の鐘が鳴りわたり、建具屋のドメニコ・オレッキアが棺《ひつぎ》をこしらえた。女がひとり頭がおかしくなって、コッレマッジョの精神病院[*7]に入れられた。村じゅうが、ひとしきりその話題でもちきりだった。若くてきれい好きの女だった。村一番のきれい好きだったから、きっと潔癖症が高じて頭がおかしくなったのだろうとみんな噂した。カルチェドニオのジジェットのところに双子の女の子が生まれた。すでに男の子の双子がいる。二度目の双子手当は出さないと役場が言うので大騒動になった。あの人のところにはどでかい土地があるし、町を七つ一緒にしたくらいの大きな野菜畑だってあるじゃないか。これが役場の言い分だった。学校の用務員ローザの目をめがけて、近所の女が唾を吐いた。ローザは片目に眼帯をして、損害賠償金を払ってもらうと触れ回った。「目はデリケートなんだよ。唾って塩分だしさ」と言っていた。これもひとしきり語り種《ぐさ》になったけれど、やがて噂にするだけのネタも尽きた。

郷愁《ノスタルジア》は、私たちの胸のなかで日に日に大きくふくらんでいった。ときにはやさしい友さながらに、ほろ酔いにも似た心地よさすら味わわせてくれた。故郷の町から結婚通知や死亡通知の手紙が届くのに、歓びも悲しみも、じかに分かち合うことはできない。ノスタルジアが、ときには突き刺すような耐え難い痛みとなり、憎悪へと姿を変えることもあった。そうなったら最後、ドメニコ・オレッキアもカルチェドニオのジジェットも、かわいいアンヌンツィアータも聖母教会の鐘の音も、なにもかもがおぞましくなってくる。もちろんそんな憎悪がいかに理不尽なものか分かっていたから、周囲には悟られないように気を配った。私たちの家はいつも来客であふれていた。頼みごとを持ちこむ人もいれば、こちらの頼みごとをしに来てくれる人もいた。ときどきサニョッコレ[*8]をこしらえに来る仕立て屋のおばさんがいた。腰にぼろきれを巻いて卵をかきまぜ、だれか特大の鍋を貸してくれる人がいないか村じゅう探しておいで、とクロチェッタを使いに出した。赤ら顔に一途な想いが漲《みなぎ》り、抑えきれない意欲に目はらんらんと輝いている。おいしいサニョッコレを作るためとあらば、家に火を放ってもおかしくないくらいに熱くなる。服から髪の毛から全身小麦粉まみれで真っ白け。やがて、夫が書きものをする楕円形のテーブルに、サニョッコレがそっと並べられていった。

クロチェッタとは、私たちの家のお手伝いの女性である。もっともまだ十四歳だったから、一人前の女性とは言えなかったけれど、紹介してくれたのはこの仕立て屋のおばさんだった。おばさんは世間の人を、髪を梳かす組と梳かさない組の二つに分類していた。梳かさない組は、ぜったいにシラミがいるから用心しないといけない。クロチェッタは梳かす組だったから、わが家出入りのお手伝いとして合格した。彼女は子どもたちに、死人やら墓場やらの長いおとぎ話を語って聞かせた。昔むかし、ひとりの男の子がいて、母さんが死んでしまいました。父さんは二番目の奥さんをもらいました。この継母は男の子を愛していませんでした。だから父さんが畑仕事に出たすきに、彼を殺して煮込み料理にしてしまいました。畑からもどった父さんは煮込み料理を食べました。ところが食べ終わったあと、お皿に残った骨が歌いだしたのです。

二度目の悪い母さんが
ぼくを大鍋で煮こんだら

食いしん坊の父さんが
ぼくをぱくりとたいらげた

そこで父さんは奥さんを鎌で殺しました。そして死骸を扉の正面に釘でつるしましたとさ。ときどきこの歌を口ずさんでいる自分に気づいてはっとする。すると村のなにもかもが、あの季節独特の凍てつく風のひと吹きと鐘の音の味わいを携えて、私の前に鮮やかに蘇る。

毎日午前中に、私は子どもたちを連れて散歩に出た。村の人たちは呆れかえり、幼い子らを冷気と雪にさらすとは、と苦言を呈した。「お子さんたち、なにか悪さでもしましたか?」「この季節に散歩だなんて。奥さん、おうちにお帰りなさい」と口ぐちに言ったものだ。雪に覆われて人影もほとんどない平地を、私たちは時間をかけて歩いた。たまにすれ違う人も、「なにか悪さでも?」と言っては子どもたちに憐れみの眼差しを注いだ。このあたりでは、冬に生まれた赤ん坊は、夏がくるまで部屋の外にすら出さないのだ。正午になると、郵便物を手にした夫が追いつく。そこで、家族そろって家路についた。

私は子どもたちに、私たちの町のことを話してきかせた。町を離れたとき、子どもたちはまだものすごく小さかったから何も覚えていない。おうちは何階もある高い建物なの、おうちも道路もたくさんあって、すてきなお店がいっぱいあるのよ。「でも、ここだってジロのお店があるよ」と子どもたちは言った。

ジロの店はわが家の真向かいだった。ジロは、まるで年寄りのフクロウみたいに戸口にじっと坐りこみ、なんにも興味のなさそうな丸っこい目で、通りをじっと見据えていた。食料品、ロウソク、絵ハガキ、オレンジなど、少しずつなんでも売っていた。入荷があってジロがケースを降ろすと、近所の子たちが駆け寄って、どうせ捨てることになる傷んだオレンジにかぶりついた。クリスマスにはアーモンド入りヌガーのトッローネや酒類や飴も届いた。ジロは一銭たりともおまけをしなかった。「ジロ、あんたってほんと質《たち》が悪いね」と女たちが言うと、「お人好しなんかしてた日にゃ犬に食われちまう」とやり返した。クリスマスには、テルニ、スルモーナ、ローマから、男たちがもどってきて数日とどまり、豚の喉をかき切ってふたたび仕事先へともどって行った。しばらくのあいだ、食べるものといったら、スフリッツォリ[*9]とサルシッチェ・パッツェ[*10]一色だったし、村じゅう酒びたりだった。やがて、生まれたばかりの子豚の鳴き声が通りにあふれた。

二月に入ると、空気が湿り気を帯びてくる。重たそうな灰色の雲が空を行きかう。いちど雪解けの季節に、屋根裏を通る雨樋が壊れた年があった。家のなかに雨が降り、部屋という部屋がまさしく沼と化した。村じゅうどこも同じで、水浸しにならない家は一軒もなかった。女たちはバケツの水を窓から捨て、溜まった水を戸口から掃き出した。ベッドの上に傘を開いて寝る人もいた。ドメニコ・オレッキアは、なにかの天罰だと言った。天罰は一週間以上続いたが、ようやく雪の名残が屋根からすっかり消えると、雨樋をアリスティデが修理した。

冬が終わる頃、胸さわぎのようななにかが、私たちのうちに蠢《うごめ》きはじめた。もしかすると、だれかが会いに来るのではないか、ようやくなにかが起こるのではないか。私たちの流刑も、いつかは終わりを迎えるはずだった。私たちを世界から隔てる距離が、前より縮まったように思えた。郵便が頻繁に届くようになった。私たちの凍傷《しもやけ》も、みんなゆっくり快方へと向かっていた。

人間の運命には、どこか規格にはまったような単調さがある。私たちの人生は、昔ながらの変わることのない法則に基づいて、昔ながらの一定のリズムにしたがって移ろってゆく。夢がかなうことはまずない。夢が砕け散るのを目のあたりにすると、そのとたんに、人生最大の歓びは現実の外側にあるのだと、ふと思い知らされる。夢が砕け散るのを目のあたりにすると、そのとたんに、心の内に夢が沸き立っていた頃が恋しくて私たちは身を焦がす。希望と恋しさとがこんなふうに入れ替わるなかを、私たちの運命は通り抜けていくのだ。

夫は、ローマのレジーナ・チェーリ刑務所で亡くなった。私たちが村を離れて何か月も経たないうちのことだった。[*11] たったひとりで死に向き合う恐怖、死に先立って入れ替わり立ち替わり襲ったさまざまな苦渋、それらを目の前につきつけられて私はわが胸に問いかける。いったいこれが、私たちの身に起こったことなのか、ジロの店でオレンジを買い、雪道を散歩した私たちの身のうえに起こったことなのだろうかと。あの頃私は、おだやかでしあわせな未来を信じていた。夢をかなえ、ともに経験を積んで築きあげる希望に満ちた未来を信じていた。あの頃こそが、私の人生の、なにものにも代えがたい最高のときだったのだ。あのときが私のもとから永遠に逃げ去り、二度ともどってくることのない今になって、ようやく分かる。

訳注

＊1 古代ローマ詩人ウェルギリウス『牧歌』第一歌の牧人の対話より、故郷の農地を追われるメリボエウスに、平和な田園生活を保障されたティテュルスがかける言葉の一節。
＊2 イタリア中部アブルッツォ州内陸部ラクイラ県のピッツォリ村。二〇一八年現在人口四千人強。
＊3 アブルッツォ州の北西に位置するウンブリア州の町。十九世紀来製鉄業で栄えた。現在人口十万人強。
＊4 アブルッツォ州ラクイラ県の農産物加工業中心地。現在人口約二万五千人。
＊5 夫レオーネ・ギンズブルグ（一九〇九〜四四）は、反ファシズム運動のリーダーだった。彼の流刑に伴い、一九

四〇年十月から四三年十月までの三年あまりをナタリアは幼い子らとともにこの地で過ごす。レオーネの実父はユダヤ系イタリア人レンツォ・セグレ。ギンズブルグの姓は、実母ヴェーラ（現サンクトペテルブルク生れ）の正式な夫フェドール・ギンズブルグ（現リトアニア共和国ヴィリニュス出身のユダヤ人実業家）に由来する。幼い頃、レオーネは戸籍上の父と実母が住むオデッサ（現ウクライナ）と実父の住むイタリアのヴィアレッジョの間を行き来したが、その後は実父の妹マリア・セグレにイタリアで育てられた。

＊6　トリノ。生地パレルモから二、三歳で移り住んだこの北イタリアの大都市がナタリアにとっての故郷だった。

＊7　隣町ラクイラに一九一五年から七五年まで実在した病院。

＊8　サニョッコレは、アブルッツォ地方特有の卵入り平打ちパスタ生地。長方形、菱形、三角形、六角形などにカットする。

＊9　豚の脂身を揚げるなどした食材。ピッツァなどに用いる。

＊10　豚レバーなどで作るソーセージ。ニンニク、胡椒、唐辛子入り。

＊11　一九四三年七月、ムッソリーニ失脚の報を受けて単身村を出たレオーネは、トリノ経由で九月にローマ入りするが、北イタリアに誕生したサロ共和国の発足に伴い、ピッツォリにもドイツ兵がやって来る。村を離れるようにとのレオーネからの手紙を受け取ったナタリアは、十一月一日、村人の虚言に助けられてドイツ軍のトラックに便乗し、生後七か月の長女を含む三人の子どもとともにピッツォリを離れてローマに向かった。家族再会がかなったのも束の間、三週間ほど後の十一月二十日にレオーネは地下活動の印刷所で逮捕され、拷問の末、翌一九四四年二月初めに刑務所内で還らぬ人となった。三十四歳だった。

ぼろ靴

私はぼろ靴を履いている。目下同居中の女友だち[*1]の靴もやっぱりおんぼろだ。顔を合わせるとすぐに靴の話になる。歳をとって私が有名な作家になったときにはね、と私が言うと、「どんな靴、履いているかな?」とすかさず彼女がつっこんでくる。脇に大きな金のバックルがついたカモシカ革の靴、色はグリーン、と私は答える。

私は、家族がみんな、丈夫で長持ちする靴を履く家で育った。母にいたっては靴が何足もありすぎて、靴専用の棚をわざわざ作らせたほどだ。私がたまにもどると、靴を見るなり家族は悲痛な怒声をあげる。でも、靴がおんぼろでもちゃんと生きていけるのが、私には分かっている。ドイツ時代に私はここローマでひとりだったし、[*2]靴は一足しか持っていなかった。靴屋に修理になど出したら、二、三日ベッドにじっとしているしかない。そんなことができる身分ではなかったから、来る日も来る日も、一足しかないその靴で歩いた。雨でも降ろうものならじわじわとぐしょぐしょになって靴の原形を留めなくなるのが分かったし、路面の冷たさが足の裏にじかに伝わってきた。私が今もずっとぼろ靴で通しているのは、あのときの靴を思い出すからだ。あれに比べたら、今履いている靴のいったいどこがぼろだろう。それに、靴を買うお金があったらほかのことに使いたい。靴がそれほど大事なものとはもうとても思えない。私は幼い頃から甘やかされて育った。片ときも目配りを怠らないやさしい愛情に包まれていた。しかしあの年[*3]、私はここローマで、生まれて初めて家族と離れてひとり暮らしをした。だからこそ私にはローマが愛《いと》おしい。ローマには私にとって重大な出来ごとと苦悩の記憶が詰まっていて、しあわせな時間《とき》はほとんどなかったというのに。私の女友だちもぼろ靴を履いている。だから気が合う。彼女には、どんな靴を履いていようと苦言を呈する人はいない。身内といったら、ハンティングブーツで歩きまわる田舎暮らしの弟がひとりいるだけだ。彼女も私も、雨が降れば何が起こるか分かっている。靴のなかに雨水が入り込んで素足がぐしょ濡れになり、歩くたびに波が打ち寄せるみたいにピシャピシャ小さな音を立てることを知っている。

友だちは、青白い男っぽい顔立ちで、黒の吸い口をつけてたばこを吸う。鼈甲ぶちの眼鏡をかけてテーブルにつき、人を見下したような読めない表情で黒の吸い口を噛む姿を初めて目にしたとき、これは中国の将軍だ、と思った。まさかぼろ靴を履いていようとは、そのときは思いもよらなかった。それを知ったのは後のことだ。

出会ってまだ何か月にもならないのに、もう何年も前から互いを知っているみたいな気がする。友だちには子どもがいないけれど、私には子どもがいる。彼女はこれを不思議がる。子どもは地方の母のところに預けているので[*4]、彼女は私の子どもたちを写真でしか見たことがない。彼女が私の子どもに一度も会ったことがないなんて、これがまた私たちふたりにはありえないことに思える。ある意味で彼女にはしがらみがないわけだから、人生を犬にくれてやりたい誘惑に身を任せることだってできる。でも、私にはできない。子どもたちは、とりあえず私の母と暮らしているので、今のところぼろ靴は履いていない。でも、大人になったらどうだろう？　大人になったらどんな靴を履くのだろう？　その靴で歩もうと彼らが選ぶのはどんな道だろう？　あれば快適だけれどなくてもどうにかなるのなら、そんなものはなにもいらない、そう心に決めるだろうか。それとも、どんなものでもないよりはある方がよい、人間には履き心地のよいしっかりした靴で歩く権利がある、と言い張るのだろうか。

こんなことを友だちと、いつ果てるともなく語りあう。その頃、世界はどうなっているかしら。私は老作家として名を成し、彼女は中国の老将軍さながらにリュックを背負って世界を股にかけている。そして私の子どもたちは、あるいは心地よい頑丈な靴を履いた、なにごとも諦めない人の確固たる足どりで、あるいはぼろ靴を履いた、不要なものが識別できる人のゆったりした気ままな足どりで、それぞれの道を歩んでいる。

ときには私の子どもと、ハンティングブーツで田舎を歩き回る彼女の弟の子どもを組み合わせて、カップルを作ってみたりする。夜更けまでこんなお喋りをして、砂糖を入れない苦いお茶を飲む。部屋にはマットレスもベッドもひとつずつしかないので、どちらがベッドで寝るか毎晩じゃんけんで決める。朝起きるとひしゃげた靴が二足、カーペットの上で私たちふたりを待ちうけている。

友だちはときどき、働くのはもううんざり、人生なんか犬にくれてやりたいと言う。酒場に入り浸って、あり金はたいて飲んだくれたい、そうでなければベッドにもぐり込んで何も考えないでいたい、ガスと電気を止めたければ止めに来ればいい、なにもかもゆっくりと流れるがままに、なるようになればよいのだから、と。私がここを出たらそうすると言う。私たちの共同生活は期限つきの短いものなのだ。まもなく私はここを出て、母と子どものいる、ぼろ靴を履くことが許されない家にもどる。母は、私にお節介をやくだろう。安全ピンで留めるのなんかやめてちゃんとボタンをつけなさい、夜中まで書きものをするのはやめなさい。そして私はといえば、人生を犬にくれてやりたい衝動を抑えて子どもたちの世話をやくだろう。子どもといると決まってそうなのだが、まじめな母親にもどって、友だちが想像を絶するようなすっかり別人の私になっているはずだ。

時計を見ながら時間に気をつけ、あらゆることに細心の注意を払い、子どもたちの足がいつも乾いて温もっているように心を配る。せめて幼いあいだは、まがりなりにもそれがかなうのであれば、そうあるべきだとの認識は私も持っている。いずれ、ぼろ靴で歩くことの味をしめるかもしれない。そうなってもらうためにも、子どものあいだは乾いた温かな足でいる方がよい。

訳注

＊1 アンジェラ・ズッコーニ（一九一四〜二〇〇〇）。自伝『ユートピアでの五十年　彼岸のおつり』（*Cinquant'anni nell'utopia, il resto nell'aldilà*）がある。ドイツ語とデンマーク語に堪能で、当時エイナウディ社の仕事に携っていた。ナタリアは彼女に誘われて下宿に同居した。

＊2 ローマは一九四四年六月までドイツ占領下にあった。四か月後にナタリアがひとり暮らしを始めた頃にはまだその余波があったろう。

＊3 一九四四年十月からの約一年間、疎開していた両親のもとに子どもを預けて、解放後のローマに単身もどったナタリアは、エイナウディのローマ支社に勤務する。親元を離れた気ままな暮らしが許され、かつまた自らの母親としての責務からも一時的に解放された時期だった。

＊4 第二次大戦の末期、ナタリアの母リディアはトリノの町を離れて同じ県内のイヴレーアに疎開。終戦の時は親族の家のあるフィレンツェ郊外のフィエーゾレにいた。

ある友人の肖像

私たちの友人[*1]が愛した町[*2]は今も昔と変わらない。多少は変わったところもあるけれど、とりたてて言うほどの変化ではない。トロリーバスが走るようになり、地下道が何か所かできたくらいだ。新しくできた映画館もないし、昔の映画館が名前もそのままに残っている。昔ながらの名前を繰り返しつぶやいていると、青春と子ども時代が蘇ってくる。私たち[*3]は今、別の町に住んで、なにもかもすっかり別ものの、もっと大きな都会[*4]で暮らしている。私たちは会えば故郷を話題にするけれど、その町を離れたことを悔やむ気持ちは少しもない。あの町ではきっともう暮らせないもの、などと言っている。でも、いざもどってみると、駅のコンコースを横切って並木道の霧のなかを歩いただけで、わが家にいる気持ちになる。それでいながら、もどるたびに悲しみがよぎるのは、わが家と感じながら、同時に、ここにはもはや留まる理由がないと感じてしまうからなのだ。私たちの家、私たちの町、私たちが青春をすごしたこの町には、命あるものがもはやほとんど何も残されていない。私たちを迎えるのは、群れつどう記憶と影たちでしかない。

加えて私たちの町は、風土そのものが陰鬱だ。冬の朝には、駅と煤のあの独特のにおいが、表通りから路地のすみずみにまで立ち込める。到着するのが朝だと、目の前に現れるのは駅と煤のにおいに包まれた灰色の霧の町なのだ。ときには、かすかな陽の光が霧を突き抜けて、雪の塊と葉の落ちた木の枝をピンクや薄むらさきに染めることもある。表通りや路地では、シャベルでかき集めた雪が小さな山をなしているが、公園は、ふんわりした手つかずの分厚い雪化粧に埋もれたままだ。だれもいないベンチと噴水の縁に、指一本ほどの高さに雪が積もっている。馬場の時計は、いつからかもう思い出せないほどの昔から、ずうっと十一時十五分前で止まっている。川の対岸に位置する丘も雪化粧。白のところどころに低木が赤みがかったシミをつけている。丘のてっぺんに聳えるオレンジ色の円形の建物は、旧バリッラ全国事業団*5の建物だ。かすかに日差しがあると、自動車展示場*6のガラス張りの丸屋根がきらきら輝き、川も緑色にきらめきながら大きな石橋の下を流れていく。そんなときには、ほんの束の間とはいえ、この町が、にこやかで愛想よい町に見えることもある。でも、そんな印象も瞬時にして消え失せる。町の本質は陰鬱なのだ。川がかなたにぼんやりうすれ、水平線らしきすみれ色の靄に紛れてどこへともなく姿を消すさまは、昼日中でありながら黄昏どきを思わせる。いたるところに、働いていますと言わんばかりの煤の、あの陰気なにおいが充満し、そして列車の汽笛が聞こえてくる。

今にして思えば、この町は私たちが亡くした友人によく似ている。友人はこの町が大好きだった。町も彼に似て働き者だ。眉間に皺をよせて頑なに仕事に熱を入れる。そうかと思うと、やる気が起こらなければ、いつなんどきでもサボって夢想にふける。友人にそっくりなこの町では、どこの片隅に足を踏み入れても、いたるところに彼の姿が蘇る気配を感じる。角という角を曲がるたびに、色の暗いハーフベルトつきのコートの襟で顔を隠し、帽子を目深にかぶったひょろ長い姿がひょっこり現れそうな気がする。友人は、意固地でひとりぼっちで、測量でもするかのように大きな歩幅で町を闊歩した。たばこの煙がもうもうと立ちこめる、人知れぬカフェにこもると、コートと帽子はさっさと脱いでも、冴えない色の悪趣味な短いマフラーは首に巻きつけたままでいた。茶色の髪の長めの毛を指にからませているかと思うと、いきなりはげしく髪をくしゃくしゃにする。手をすばやく走らせて紙を何枚も大きな文字で埋め尽くしては、それをまた乱暴に消していく。そんなふうにしながら、詩のなかで、彼はこの町に讃辞を送っていた。

きょうは、霧が川から立ちのぼり
草原と丘にかこまれた美しい町に流れ込んで
町を追憶のようにぼかしてゆく日……*7

この町にもどるとき、あるいは町に思いを馳せるとき、私たちの耳のなかに彼の詩がこだまする。本人の肉声ではじめて朗読を聞いたはるかな青春の日々そのもののイメージであり、すっかり私たちの一部となっているので、果たして美しい詩なのかどうかすら、もう分からない。あのときは、灰色で重たくて詩情とはおよそ相容れない私たちの町がこんなふうに詩に変身するのを知って、ひどくびっくりしたものだ。

その町で友人は、少年として生きた。とことん少年だった。一日がとてつもなく長くて時間がありあまる、そんな思春期みたいな生活をしていた。だらだらする合間に勉強したり書きものをしたり、生活の糧を稼ぐのも、お気に入りの界隈をぶらぶらするのも上手だった。私たちはといえば、怠け心と勤勉の葛藤にくたびれてあがきながら、サボるか働くか、どちらにするか決めかねて時間にしなかった。彼は勤務時間に拘束されるのを嫌って、何年ものあいだ常勤のポストにつこうとしなかった。ところが、オフィスの事務机に坐ることをいったん承諾するなり、疲れを知らないくそ真面目な社員になった。それでも、ぶらぶらするためのゆとりはしっかり確保していた。みごとなまでの早飯《はやめし》で量は大して食べず、いったいいつ寝ているのか謎だった。

ときおり、ひどく暗くなることがあった。でも彼が大人になる覚悟を決めさえすれば、きっと解消することだろうと私たちはずっと考えていた。彼の暗さは子どもじみている、まだ地に足がつかず、おもしろくない世界でひとり夢を追いかける性を持てあました少年の、もやもやした鬱なのだろうと思っていた。夜、わが家を訪ねてくることがときおりあった。短いマフラーを首に巻いたまま冴えない顔で腰を下ろし、髪の毛をいじくったり、紙をくしゃくしゃに丸めたりしている。その間ずっとひと言も口をきかず、こちらが何を聞いても答えない。あげくの果てには、とつぜん立ち上がるなりコートをひっつかんで出て行った。私たちは虚仮《こけ》にされた気分だった。こちらの対応に気を悪くしたのか、ここにきてゆっくりしたかったのにくつろげなかったのか、それとも、もしかすると、ただちょっと自分の家とは違う灯りのもとで静かな夜を過ごしたかっただけだったのか、などと詮索したものだ。

そもそも機嫌がよさそうなときですら、彼との会話を成立させるのはいつもひと苦労だった。それでいて、交わす言葉はほんのわずかなのに、彼と会うのはほかのだれよりもインパクトがあって刺激的だった。彼とのつきあいのおかげで、私たちは頭をよく回転させるようになった。持てる語彙のなかで最もシンセリティのある最良の言葉を選ぼうという気持ちにさせられるのだ。陳腐な決まり文句、正確さを欠く思考、辻褄の合わない理屈を口にするのはご法度だった。

彼の傍らにいると、自分が恥ずかしくなることがよくあった。私たちは彼のように遠慮がちに控えめでいることも、また、無欲にあっけらかんとしていることもできなかったからだ。彼の、友人である私たちに対する態度はぶっきら棒で、愛想のかけらもなく、こちらの落ち度は何であれ容赦しなかった。それなのに、こちらが病気になったり苦境に陥ったりしていると、突如としてまるで母親ででもあるかのように、いそいそと世話をやいてくれた。新しく知り合いを作ることは、ポリシーとして拒否していた。それでいながら、それまで一度も会ったこともないとんでもない人、どちらかというとあまり感心しない人に対していきなり愛想よくなり、約束でも企画でも何にでもものりそうな開けた態度をみせることもあった。あの人はどう見ても感じが悪いし、まともな人物とは思えないけど、と言って私たちが注意すると、そんなことはじゅうぶん承知している、と言う。いつでもどんなことでも自分が承知していないと気が済まない性分だった。彼には目から鱗のはずのことを教えてあげる歓びを私たちに味わわせてくれることは、決してなかった。ともかく、なんの理由があってあんな人物とそこまで親密にするのか、もっとずっとためになるほかの人たちになぜ好意的な態度をとらないのか、それは説明してくれないので私たちも分からずじまいだった。ときには、上流社会の出と見なした人物に関心を示して、つきあうこともあった。きっと、自分の小説のプラスになるとでも思ったのだろう。しかし、洗練された社交や振る舞いについての鑑識眼は欠いていた。瓶の底にたまる澱を水晶と取り違えていた。こうした点では、この点においてだけは、彼はともかくおめでたかった。社交における洗練の判断はピントが狂っていたけれど、しかし、心や教養の質の高さにかけては、決して騙されなかった。

握手は、とても用心深くてケチくさかった。指を一本か二本だけ差し出してはすぐさま引っ込める。たばこは、袋からもったいなさそうにおずおず取り出してパイプに詰めた。それでいて、私たちがお金に困っていると分かるや、いきなりポンとお金をくれた。そのくれ方が味も素っ気もなくてあんまり不愛想なので、私たちは呆気にとられたものだ。彼が言うには、持っているお金にはこだわりがあるから別れるのは辛い。でもいったん手放してしまったら、そのとたんにもうどうでもよくなる、とのことだった。遠く離れた場所にいるときは手紙をよこさなかったし、こちらが手紙を出しても返事はなかった。返信があっても、ギクッとする氷のような言葉がほんのわずかに、そっけなく記されていた。手紙を出さない理由は、遠く離れている友人にどうやって愛を感じたらよいのか分からないから。近くにいないことを思い出して辛くなるのはいやだから、遠くの友は心のなかですぐに荼毘《だび》に付してしまうのだと言っていた。

彼は、妻も子どもも、自分の家も持ったことがなかった。嫁いだ姉さんのもとで暮らしていた。姉さんは彼を愛していたし彼も姉さんを愛していたけれど、家ではまるで子どもかよそ者みたいに、いつもどおりのがさつな振る舞いでとおしていた。ときどき私たちの家に来ると、生まれた子どもたちを、眉をひそめてじろじろ見つめた。やさしさのあるしかめ面だった。私たちがちょうど家庭を築きつつあった頃のことだ。彼にも、家庭を持とうという考えはあった。しかし、なにぶんにも彼流の考え方でのことだから、年数を重ねるごとに、どんどんこじれてややこしくなっていく。ややこしさが高じて、シンプルな結論はついにひとつも芽を出すに至らなかった。年を経るうちに、ひどくこんぐらかってどうにも抗いがたい思考と信条の体系ができあがってしまったのだ。いたって単純な状況を、彼は具体的に動かすことができない質《たち》だった。シンプルな現実のハードルが高くなればなるほど、それを克服したい欲望がどんどん深みにはまっていった。くねくねよじれて、見るからに息がつまりそうな植物さながらに、あちこち伸び放題の枝がもつれにもつれていく。ときどきはあまりにひどい落ち込みようだったから助けになりたいと思っても、私たちが憐れみの言葉をかけることも慰めの合図を送ることも、彼は断じて許さなかった。それどころか、私たちまで彼の流儀に感化されて、こちらが辛いときに彼のお慈悲を拒絶するといったことまであったくらいだ。たくさんのことを教えてくれたけれど、私たちが師と仰げる存在ではなかった。思考がくねくね絡まりあうのはばかげていたし、紛糾の渦に彼の素朴な心が囚われの身となっていくさまを、私たちの方がじっくり見届けていた。私たちにだって彼に教えたいことはあった。ごちゃごちゃ考えないで、もっとシンプルで楽《らく》な生き方をしたらどうかと言いたかった。でも、彼になにかを諭すことは、ついに一度もできなかった。私たちがこちらなりの道理を示そうとでもしようものなら、彼は片手を挙げて制止のしぐさをし、そんなことは全部とっくに分かっているから、と言うのだった。

　ひたすら苦しい方へと思考を向けるものだから、晩年は、顔に深い皺が刻まれ頬はこけていた。それでも容姿には、最後まで少年の優美さが保たれていた。晩年になって、彼は作家として名を成した[*8]。しかし、著名作家になったからといって、何ひとつ変わるところはなかった。とっつきの悪さも、控えめな地味さかげんも、日々の仕事に取り組む細心で誠実な姿勢も、以前と同じだった。有名になって嬉しいかと尋ねると、偉そうにフンと笑いながら、こうなるのは前からずっと分かっていたと言った。ときどきこんなふうにずるそうに、高飛車なせせら笑いを見せることがあった。ピカッと光ってはすぐに消える、子どもっぽくて意地の悪い笑いだった。それにしても、こうなるのがずっと前から分かっていたとはすなわち、目標が達成された今、歓びを感じるものがもう何もないということだ。欲しかったものが手に入るや、彼は、その味を噛みしめることも愛でることもできなくなってしまうのだ。自らの芸術を奥の奥まで知り尽くした今、もはや秘められたものがなくなった。秘密の香りがどこにもないのでは、さらなる興味を駆り立てられることもないと言う。彼の友人である私たちについても、もう秘密がないからかぎりなく退屈なのだそうだ。退屈させているとはおあいにくさまだが、こちらだっておもしろくない。あなたのどこが間違っているか私たちにはよく分かっている、と言ってやりたかった。あなたの間違いは、いつも同じように流れて表向きは秘密などないように見える日々の生活の流れを、そのまま素直に愛そうとしない頑固なところにあるのだと言いたかった。彼に残された課題はつまるところ、日常の現実をしっかり自分のものとして手中に収めることなのだから。しかし、日常の現実を、焦がれるほどに求めながら同時に憎悪する彼にとって、それは摑みとることのできない禁断の木の実だった。果てしないかなたから、ただじっと見つめているしかなかったのだ。

彼は夏に亡くなった。私たちの町は夏になると、がらんどうでだだっ広く見える。音響のよい明るい広場のようだ。空は澄んでいるけれど青みを帯びた乳白色で輝きはない。川は波も立てず道路のようにのっぺりと流れ、湿気をもたらさない代わりに、心地よい涼風を吹き込むこともない。並木道から土煙が激しく舞い上がる。川の方から砂利を積んできた大型の荷車が通る。アスファルトの道に撒かれた砂利が、タールと混ざって日にさらされる。カフェの屋外に設置された縁飾りつきのパラソルの下で、客のいないテーブルが熱く焼ける。

私たちはだれもいなかった。彼が自らの死のために選んだのは、そんな暑さにむせ返る八月の、いつでもよいある日だった。選んだ場所は、駅に近いホテルの一室。自分のものであったその町で、よそ者として死ぬことを彼は望んだのだ。何年も何年も遠い昔に書いた詩のなかに、彼は自らの死を、こんなふうにイメージしていた。

ベッドを離れるには及ばないだろう。
夜明けがひとりで虚ろな部屋に入ってくる。
窓があれば、あらゆるものを、まるで灯りのような
おだやかな薄明かりで包み込み
仰向けの顔の上に、やせ細った影を落とすはずだ。
記憶たちは影のかたまりとなって、
時を経た炭火のように暖炉のなかに身を潜め、きのうはまだ
光をなくした瞳のなかで疼いていた炎となるだろう。[*9]

彼が亡くなって間もなく、私たちは丘に行った。道路沿いに居酒屋が並び、赤く色づいたブドウ棚、ボッチェ[*10]の遊具、積み上げられた自転車があった。トウモロコシ畑[*11]の傍らで刈り取った草を袋の上で干す農家があった。彼が愛した、町はずれの秋の入り口の風景だ。草の茂った川岸と耕された畑の上に九月の夜が昇ってくるのを私たちは眺めた。私たちはみんなとても親しかった。何年も前からお互いを知っていた。つねに仲間としてともに働き、ともに考えた。愛されながらとつぜんつき放された人によくあるように、私たちは今こそ、これまで以上に愛し合い、互いを気遣い、支えあおうとしていた。彼が、彼なりの不思議なやり方で私たちのことを気にかけ、守ってくれていたことが、ひしひしと身に染みた。町はずれのあの丘の上に、彼の存在を、このときほど強く感じ

たことはなかった。

もどってくる眼差しにはどれも、草の味わいと
黄昏の浜辺の夕陽に染まった残り香がある。
海の吐息が潜んでいる。
古《いにしえ》の不安と戦慄を伴うこの漠たる影は
まるで空をかすめる夜の海のように、
夜ごともどってくる。死んだ声たちは
あの海の、砕け散る波音に似ている。[*12]

訳注

＊1　友人とは詩人・小説家チェーザレ・パヴェーゼ（一九〇八〜五〇）。レオーネ・ギンズブルグとともにトリノのエイナウディ社の仕事に創業時から携わり、ギンズブルグ一家が流刑でトリノを離れる前まで家族ぐるみのつきあいがあった。戦後はナタリアがエイナウディ社で同僚となる。

＊2　トリノ。

＊3　一人称の代名詞が冒頭から「私たち」と複数形で統一されている。「私たち」として、あるいはパヴェーゼがしばしば訪れた新婚家庭のナタリアとレオーネ夫妻、あるいは出版社のジュリオ・エイナウディやフェリーチェ・バルボら仕事仲間といった具体的な人物を想定することができる。しかし、これは当時のナタリアの奥義ともいうべきぼかしの手法によるものなので、具体的にだれのことか詮索するのは彼女の望むところではないだろう（「訳者あとがき」149ページ参照）。

＊4　ローマ。

＊5　バリッラ全国事業団（l'Opera Nazionale Balilla）は一九二六年のファシズム政権下に生まれた少年少女訓練組織。八歳から十八歳の少年少女が「書物と銃」を合言葉に準軍事訓練やスポーツに励んだ。

＊6　自動車展示場（Salone dell'Automobile）は、ポー川に近いヴァレンティーノ公園にある。
＊7　チェーザレ・パヴェーゼ「風景六」（Paesaggio VI）。詩集『働き疲れて』（*Lavorare stanca*）所収。
＊8　一九五〇年六月、長編三部作『美しい夏』『丘の上の悪魔』『孤独な女たち』で、イタリアの最も権威ある文学賞のひとつ、ストレーガ賞を受賞した。
＊9　「屋上の楽園」（Il paradiso sui tetti）。『働き疲れて』所収。
＊10　金属製の小さな玉を標的に当てて得点を競うゲーム。ペタンク。
＊11　このあたりではトウモロコシを九月半ばに収穫する。
＊12　「風景八」（Paesaggio VIII）。『働き疲れて』所収。

イギリスに捧げる讃歌と哀歌

イギリス[*1]は美しくて陰鬱だ。私が知っている国は、正直なところ多くはない。それでも、陰鬱《メランコリー》さにかけてイギリスを凌《しの》ぐ国はないような気がしてきている。

イギリスは民度の高い文明国である。医療、高齢化、失業、税金など、生活の根幹に関わる問題を、みごとな叡智をもって解決しているのが見てとれる。

イギリスは、私が思うに、管理の術《すべ》を心得た国である。日常生活のほんの些細なすみずみにまで、管理体制の質の高さがにじみ出ている。

イギリスは、隣人に対する最大限の敬意、隣人を最大限に尊重しようとする精神が漲《みなぎ》る国だ。

イギリスは、ありとあらゆる民族を外国から常に積極的に受け入れてきた国である。しかも流入者たちを抑圧していないと思う。

イギリスは家の建て方を心得た国だ。自分で手入れのできる庭つきの、自分と家族だけの小さな家を持ちたいという人間の願望が理にかなったものとされている。だから、町は小ぶりの家々で構成される。

どんなに地味な家であっても、外観がとてもすてきなこともある。

だから、とてつもなく巨大なロンドンのような大都会でありながらもまとまりがあって、だだっ広さが気になることもなければ重圧感をおぼえることもない。視線は迷子になることとなしに、狭い道や小ぶりの家屋や緑の公園に引き寄せられて、巨大さを紛らしてもらうことができる。

町なかに湖のように広がる公園は目を休ませ、清涼感と開放感を味わわせてくれるし、それに、目にこびりついたスモッグを洗い流してくれる。

そう、緑の乏しい界隈ならどこであれ、たちまちスモッグの分厚い覆いに包《くる》まれて、まるで駅みたいに、古びた列車と石炭と埃のにおいが立ちこめる。

駅、これ以上にイギリスが、陰気くささを露骨に見せる場所はない。鉄のスクラップや石炭くず、もう使うこともない錆びた線路がごちゃごちゃ積み上げられ、線路の山のまわりにあるのは、手入れもしていないキャベツ畑と継ぎあてしたシャツを干すあばら家。あばら家までが、古びた洗濯物と同じくらいに継ぎはぎだらけだ。

ロンドンの町はずれもまた、かなり気が滅入る。道の両側にどれもそっくりな小ぶりの家がコピーしたみたいに延々と連なり、眩暈《めまい》を起こしそうになる。

同じような眩暈なら、ロンドンの町なかでも覚えることがある。どれも似たり寄ったりの先のとがったピンヒールをびっしり並べた靴屋のウィンドーの前にでも立とうものなら覿面《てきめん》だ。見ているだけで足が痛くなってくる。女ものの下着をあふれんばかりに詰め込んだウィンドーもしかり。こんなにあふれかえっていては目もうんざりして、下着だろうが靴下だろうが購買意欲はどこへやら。ありあまる品数を見せつけられただけで、もう何も欲しくなくなる。靴下と下着が大嫌いになる。下着憎悪はこれから先ずっと続きそうだ。

小さな家並みの赤レンガの塀に、樹木の小さな葉っぱの緑が映える。やさしい若緑が、凝った刺繡をほどこしているかのようだ。道路沿いのところどころに、淡いピンクの、あるいは燃えるような深紅の花をつけた樹木がある。目にやさしい、すてきな街路装飾だ。しかし、じっと眺めるうちに、これらの樹木が偶然にではなく、計算され、綿密な計画に基づいてそこにあるのがひしひしと伝わってくる。たまたま生えてきたのではない、綿密な計画にしたがってそこにあるのだ。その事実に気づくと、樹木の美しさがもの悲しさを滲ませてくる。

これがもしもイタリアなら、街路で花を咲かせる樹木に出会ったらはっとして、わくわくするに違いない。目的を定めた意図をもって計算されたからではなく、きっと大地の歓びからほとばしり出て、たまたまそこにあるはずだから。

黒と灰色の町ロンドンには、人が明確な意図をもって配した色がある。兄弟のごとく似たり寄ったりの黒っぽい扉に交じって、ブルーやピンクや赤の扉に突如出会うこともある。灰色の空気のなかを、鮮やかな赤塗りのバスが通りぬける。ほかの町ならきっとうきうきする色なのに、ここだとなぜか心がはずまない。綿密に定められた意図と、笑い方を知らない人のわびし気な作り笑いが、赤いバスにブレーキをかけているのだ。

赤といえば消防車もそうだが、甲高いサイレンの音はない。鈴をチリンチリンとおだやかに鳴らして走る。

イギリスには下品なところが皆無である。易きにつく順応主義ではあるけれど、下品ではない。陰気だけれど決して無作法ではない。品のなさは、無作法や尊大さに発するものだが、ひらめきや奇抜なアイディアから生じることもある。

ときおり、女性のしわがれ声や甲高い笑い声、けばけばしい厚化粧や糸くずみたいにくしゃくしゃの髪に出会うと、品のなさが全開するのを目のあたりにしたような気になることもある。しかし、この国ならどこであれ、品のなさなどメランコリーにはとてもかなわない。それに気がつくのに、時間はかからない。


イギリス人は奇抜なアイディアを欠いている。だから、身なりはどこを見ても一色である。通りを行きかうご婦人たちはだれもみな、どれも同じ透明な飴色のビニールのレインコートを身につけている。薄手のシャワーカーテンとかレストランのテーブルクロスによくある素材のものだ。そして申し合わせたように籐の籠を腕にかけている。ビジネスマンは、黒のシルクハットにストライプのずぼんに傘。お馴染みの定番スタイルだ。チェルシー地区[*2]の芸術家や、芸術と放埒なボヘミアン生活に憧れる学生たちは、頬から顎の線に沿って弧の形にカットした赤みがかった髭をもじゃもじゃにして、ポケットが型崩れしたチェックのジャケットを羽織っている。女の子は、ぴったりした黒のずぼんに襟のつまったプルオーバーで、雨降りでも靴は白と決まっている。

若者たちは、こうした服装をすることで、粉砕されても大勢に順応しない自由な立場、インスピレーション豊かな思想の独創性を声高に主張しているつもりなのだ。しかし、髪型も、靴も、そして無邪気な挑戦者の表情まで、自分とまったく同じ人種がその界隈にごまんと集まっていることは、どうでもいいらしい。

イギリス人は奇抜なアイディアに欠けている。それでも彼ら独自のアイディアを発揮するものがふたつ、ふたつだけある。ひとつは高齢のご婦人の夜の身なり、もうひとつはカフェである。

高齢のご婦人は夜のお出かけに、なんとも珍妙なドレスをまとい、顔に桃色や黄色を惜しみなく塗りたくる。おとなしい雀からカラフルな孔雀や雉へと変身するのだ。

だからといって、周りのだれひとり、ぜんぜん驚きもしない。そもそもイギリスの人は、びっくりするということがまずないらしい。道でどんな人とすれ違おうが、振りかえりなど絶対にしない。

カフェやレストランにも、イギリスならではのひらめきは発揮されている。客寄せを見込んで、店にエキゾチックな名前をつけるのだ。「プスタ」[*3]「シェ・ヌゥ」[*4]「ローマ」「レ・アルピ」[*5]などなど。ガラス窓ごしに覗くと、か細い蔓植物や中国のランタン、とがった岩の頂や青白い氷河が見える。そうかと思うと、どくろ、交差する骨、黒塗りの壁と黒一色のカーペット、死者に捧げるロウソクが目に入る。たいてい客はひとりもいないから、喪の静けさに包まれている。

イギリスは自分にこれっぱかりも満足していないから、せめて外国の魅力の羽毛でもまとおうと努めてみたり、あるいはぞっとする死の儀式の誘惑へと走ってみたりする。

それに、プスタだのアルプスだのといった墓場のごとき店で出される飲み物や食べ物の味ときたら、やっぱりそれは惨めなものだ。看板に発揮したせっかくの奇抜なアイディアも飲み物や食べ物にまでは到達していない。内装とカーペットとランタンに足をとられて、その先には進めなかったようだ。

イギリス人は通常、驚きを表に出さない。だれかが路上で気を失っても、すべて予測されたことなのだ。数秒もしないうちに、椅子とコップ一杯の水と制服姿の看護師がそろう。

失神は想定内のできごとだから、情報が入りさえすれば、救護に向けてあらゆることがテンポよく、自動的に動き出す。

ところがレストランで、水を少しくださいと頼もうものなら、とてつもなくびっくりする。イギリスの人には水を飲む習慣がない。渇きを癒すものといったら立て続けに何杯もすする紅茶のみ。ワインはたしなまないし水には見向きもしない。だから、水をコップに一杯くださいなどと言われた日には、ただどぎまぎするばかりなのだ。路上で気を失った人になら、即座に差し出されるコップ一杯の水だというのに。

ようやく持ってきてくれると、生ぬるい水をほんのちょっぴり注いだ小さなグラスをお盆に載せて、なぜかティースプーンまでそえてある。

彼らがカフェやレストランを外国風にカムフラージュするのには、それなりの理由があるはずだ。当店はイギリススタイルでございます、などと公言しようものなら、店に一歩足を踏み入れた客があまりに暗い絶望的な雰囲気に気おされて、自殺したくなってしまうかもしれないから。

イギリスのカフェに漂う、この、なんともすさんだ雰囲気の発生源はいったい何なのだろう、それを私は何度となく考えてきた。原因はきっと、すさんだ社交にあるのではないだろうか。イギリスの人たちが話をするために集《つど》う場所ときたら、どこもかしこもうら寂しさが滲み出ている。じっさい、イギリス人の会話ほどわびしいものは世界じゅうどこを探したって存在しない。核心には触れるまいとそれにばかり気を遣うから、ひたすら表面的なやりとりに終始する。核心となる聖域に立ち入って隣人を傷つけるのを避けようとするあまり、イギリス人の会話は、当たり障りのない領域からはみ出さないように、だれにとっても退屈きわまりない話題のまわりをぶんぶん飛び回っているだけなのだ。

　イギリス人は、皮肉っぽさ《シニシズム》とはおよそ縁のない国民である。突発的な哄笑こそするけれど、その高笑いがくぐもった音とともに砕け散ると、後にはもう、そのこだますら残らない。基本的に彼らはいつでも大真面目なのだ。仕事や勉学に対して、自身に対して、友人に対して、そして約束したことに対して忠実であるといった、よそならたいてい忘れられた基本的な価値のあるものを、イギリス人は今も信じている。

　民度の高さ、隣人愛、優れた管理能力、必需品の備蓄、老人福祉と疾病対策、これらがみな、古来培われてきた深い叡智の賜物であるのは疑いの余地がない。それなのにこうした叡智は、道行く人のどこをどうみても、感じ取ることができないのだ。周囲にどんなに目を凝らしても、その手がかりは見分けることができない。たまたま行き会う人と話をしても、人間の知恵を感じる言葉は、まず期待できない。

　店に入ると女性店員が「お手伝いしましょうか《キャナイ・ヘルプ・ユー》？」と迎えてくれる。でもこれは口先だけ。とても手伝ってもらえそうな店員には思えないし、本人にそんな気がつゆほどもないことが瞬時に判明する。客である私たちと意思の疎通をはかり、協力態勢を築いて満足してもらおうという姿勢が、彼女のそぶりには微塵もない。客が買いたいものを探すために、視線を鼻先二センチ以上先には伸ばそうともしないのだ。

　イギリスの女性店員は、世界一間抜けな店員である。

それでも、その間抜けさ加減のどこを探しても、シニシズムや横柄さや侮蔑的なものは微塵もない。品のなさとは無縁の、ごくシンプルな愚かさなのだ。さもしいわけではないから腹もたたない。イギリスの女性店員の虚ろな目は、びっくりしたように、何かをじっと凝視している。果てしない草原をきょとんと見つめる羊の目に似ている。

私たちが店を出るときには、私たちについていかなる判断を下すこともなく、いかなる思いをいだくこともない彼女の目が、虚ろなまま私たちを見送る。彼女の虹彩がカバーするほんのわずかな距離を私たちが越えたとたんに、私たちのことはすっかり忘れる目だ。

そんなふうだから、もしもたまたま、さほどおバカでない店員に出会おうものなら、驚愕のあまり、店ごとまるまる買ってしまいたい気持ちになる。

イタリアは、管理の劣悪さに簡単に慣らされてしまう国である。周知のとおり、なにごともうまく機能しない国であり、無秩序とシニシズム、性能の悪さと混迷がまかりとおる国である。それなのに町の通りには知性が、まるで沸き立つ血潮のように循環しているのを感じる。

もちろん、どう見てもなんの役にも立たない知性ではある。人間の生活のわずかながらの改善に役立ちそうな知性というわけではない。それでも、心は温かくなるし、慰められる。うわべだけの、おそらくとるに足らない慰めではあるにしても、心は和む。

イギリスでは、叡智が事業へと姿を変える。だから町に出て道行く人のなかに知性を探そうとしても、かすかなきらめきすら見つけることができないのはやむをえない。見つけようとすること自体がたしかにばかげているしお門違いではあるのだけれど、それがあってはならないことに思えて、私たちは憂鬱になってしまうのだ。

イギリスのメランコリーは、あっという間に私たちに感染する。あっけにとられた羊みたいに、中身は空っぽのまま、ただうろたえている、そんなメランコリーである。その上を、天気がどうだの季節がこうだのといった、深く突っ込まないから傷つけることも傷つくこともなしにいつまでも持続するあらゆる話題が、蚊のブーンという低い羽音とともに飛び交っている。

どうやらイギリスの人たちは、自らの暗さ、自国のイメージとして外国人に吹き込んだ暗さを、なんらかの形で自覚しているらしい。外国人を相手に暗さの弁解をしようとするし、自分の国から永久に立ち去りたくてうずうずしているようにも見える。よその空を夢見ながら、永遠の流刑地ででもあるかのようにここで暮らしているのかもしれない。

私がいつも驚くのは、イタリアでは思春期の子どもを持つ親が、夏休みの子どものイギリス留学に憧れることだ。それも、思春期にはつきものの、内気になったり、人嫌いになったり、ふてくされたり、といった難しさのただなかにいる子どもの親だったりすると、よけいびっくりする。イタリアの親たちはイギリスを、こうした心の病の特効薬と考えている節《ふし》がある。イギリスで何かが急に変わるなんてことは、実はぜったいにありえない[*6]。イギリスは、現状を頑として守り続ける、そういう国なのだから。

内気な子は内気なまま、人間嫌いは人間嫌いのままである。それどころか、それまでの内気と人間嫌いに加えて、どこに目を向けたらよいのかうろたえるほどだだっ広い草地と同じくらいに果てしないイギリスのメランコリーまでが、堰を切ってどっと流れ込んでくるのだ。

そのうえ親は、夏の滞在のあいだに子どもたちが英語を覚えてくることに、むなしい期待をかける。英語は、身につけるのがとても難しい言語である。使いこなせる外国人はきわめて少ない。そもそもイギリス人が、それぞれに自己流の話し方をするくらいなのだ。

イギリスは、頑として今ある姿のままでいる国だ。イギリスの魂は、微動だにしない。おだやかで生暖かい湿り気を伴った、四季の変化に乏しい気候に守られて、変わることなく不動のまま、そこにじっとしている。牧場の草は四季を通して、これ以上の緑はありえないというくらいにいつも青々としている。凍てつく寒さに嚙みつかれることもなければ、太陽にじりじり焼かれることもない。魂が悪徳から解き放たれることもなければ、新たな悪徳に染まることもない。しとしと降る生ぬるい雨を吸い込みながら、魂も牧場の草と同じように、青々とした孤独のなかで静かに育まれていく。

とてもすてきな聖堂がいくつかある。家屋や店舗に挟まれた窮屈な空間にではなく、広々とした緑の草地に建つ聖堂だ。聖堂のたもとにはとてもすてきな墓地がある。碑文を記した簡素な墓石が、深い平穏に包まれて点在している。まわりを囲う壁はなにもない。墓石は人びとの生活とつねに親密でありながら、それでいて至高の平安に浸されている。

メランコリーの国にあっては、思考はつねに死へと向かう。思考が死を恐れることはない。それは、死の影を木々の大きな影になぞらえ、死を、緑色の眠りのうちに取り込まれた魂のなかに、ずっと前から宿り続けた沈黙と同一のものととらえているからだ。

訳注

＊1　一九五九年から六二年春まで、二番目の夫ガブリエーレ・バルディーニ（65ページ「彼と私」訳注1参照）の在ロンドン・イタリア文化会館館長赴任に伴って、ナタリアもイギリス暮らしを経験した。すでに大学生の長男カルロと次男アンドレアはイタリアに残し、長女アレッサンドラ、バルディーニとの間に生まれた娘スザンナと生後間もない息子アントニオを伴っての転居だった。

＊2　ロンドン南西部。一九六〇年代には世界の若者のファッションをリードした。

＊3　ハンガリー語で「乾燥して広大な草原」の意。

＊4　フランス語で「私たちの店で」の意。

＊5　イタリア語で「アルプス山脈」の意。

＊6　このエッセイが書かれた頃、イタリアはイギリスと異なり、高度成長の時期にあった。

メゾン・ヴォルペ

ここロンドンの私の住まいの近くに〈メゾン・ヴォルペ〉の名を掲げた建物がある。入ったこともないし、何なのかも分からない。きっとレストランかカフェだろう。たぶん今後も足を踏み入れることはないから、この名は、私にとって永遠の謎であり続けるはずだ。でも、後にロンドンを、ここで過ごした日々を思い起こすとき、メ・ゾン・ヴォル・ペの音がきっと耳のなかに鳴り響き、私のロンドンのすべてが、パリ風のこの名前のなかに要約されているのだろう、そんな気がする。

外から見えるのはガラスの扉のみ。目の詰まったチュールのカーテンに覆われているので、その奥は何も見えない。古びたカーテンは、冴えない薄茶色で埃っぽい。どうやら食事を供する場所のようではあるけれど、前を通っても、嫌なにおいも好いにおいもしない。それに、黒と金の文字で書かれた〈メゾン・ヴォルペ〉という風変わりな屋号の下の扉を開けて出入りする人の姿を、通りすがりに見かけたこともない。カフェか、レストランか、あるいはダンスホールだとして、ありつける飲み物や食べ物はどれもきっと、衣蛾《いが》がこびりついた埃っぽいカーテンにお似合いの古びた味にちがいない。両隣がガソリンスタンドと冷蔵庫販売店というかなり町はずれの通りにあって、扉を常にぴたりと閉ざしたまま、メゾン・ヴォルペは夜の謎《ミステリー》を投げかける。エキゾチックな、そしておそらくは秘めたる悦楽の約束を、黒と金の文字の内にしまいこんで。

メゾン・ヴォルペのような店が、ロンドンにはごまんとある。とんでもない場所に出現したりして屋号も奇抜だ。外から見ただけでは、いったい何なのか判然としない。漂ってくるのは、エキゾチックでそこはかとない禁断の香りを伴った夜の気配である。昼どきに足を踏み入れてみると、謎めいた薄暗がりのところどころが、青ざめたかすかな灯りで照らされている。ビロードの絨毯が敷きつめられ、壁は黒塗りだ。しかし、幻滅するのも時間の問題である。テーブルの上の、このあたりでよく使う茶色のきび砂糖がびっしり詰まった壺が目に入ったその瞬間に、魔法は解ける。この手の店で意表をつかれることなど起こるはずがないと気づくのに、時間はかからない。飲み物といえば、ミルク入りの薄くて生ぬるいコーヒーしかないのは分かりきっているのだし。テーブルには、それなりの約束ごとにしたがった身なりの客たちがいる。通りすがりにたまたま立ち寄ったのでないのは服装からして明らかだ。ほかならぬこの場所でいくばくかの時間を、おそらくなんらかの楽しみに興じて過ごそうという明確な意図をもって入ってきた人たちだ。それにしても、うきうきする気分のかけらもないこんなところで時間をつぶして、いったい何がおもしろいのだろう。私にはさっぱり分からない。抱き合う恋人たちの姿はないし、会話ときたら行儀のよいささやきばかり。イタリアのカフェなら、男と女の、あるいは友人同士の突っ込んだ話で盛り上がるのに、熱気のこもった会話に火花を散らして夢中になるようすなど、ここの人たちには微塵もない。礼儀正しいささやきのなかには、親しさらしきもののかけらすらない。調度もうす暗がりも、カーテンも絨毯も、なにもかもが親密さの演出にうってつけとしか思えないのに、せっかくの演出も具体的な成果を見ることなしに、抽象的な目論見のまま、見果てぬ夢に終わっている。

ロンドンに住むイタリア人は、会えばレストランの話をする。ロンドンのどこをさがしても、お喋りや食事を共にしてたのしい店はない。この町の店は、超満員か閑古鳥が鳴いているか、そのどちらかだ。どこへ行っても、やたら堅苦しいか、そうでなければ寂《さび》れているかそのいずれかで、ときには堅苦しさとわびしさが同居していることもある。高い背もたれのいかめしい椅子と毛皮の奥様がたと銀の水差しのおかげで、堅苦しさがわびしさを凌駕していることもあれば、逆に、わびしさばかりが目につくこともある。それに、食べられる料理ときたらどこも似たり寄ったり。ちりちりに黒ずんだステーキに、茹でた小さなトマト一個とオイルも塩もかけていないサラダ菜一枚、これが定番だ。

ローストチキンだけを食べさせる店もある。串に刺した鶏が列をなしてぐるぐる回転し、ウェイターはチキンを載せた熱い皿を掲げて、テーブルからテーブルへといそいそ駆けずり回る。周囲を見渡しても、ローストチキン以外の料理を食べている人はいない。店を出るときには、鶏肉はもうほんのちょびっとだって金輪際食べるものか、というくらいにうんざりしている。「卵とわたし」という店もある。出されるものは卵だけ。石みたいに冷たくて固いゆで卵に、マヨネーズがちょっとくっついてくる。

イギリスでは、ことレストランや食品となると、宣伝にものすごく力が入っている。映画館も道路脇も地下鉄の駅もグラビア雑誌も、食べ物飲み物の大きなカラー写真と「これは豪勢！ これは美味い！」のキャッチコピーだらけだ。映画館では、オーケストラ演奏と棕櫚《しゅろ》と花々をバックに、中華料理、インド料理、スペイン料理の店のコマーシャルが延々と続く。トルコ帽やソンブレロを頭に載せた客たちがしあわせそうに食事に夢中になっている。が、前に置かれた皿にちらりと見えるのは、どうやら例の黒ずんだステーキとあのサラダ菜みたいなのだ。スクリーンには続いて、一面赤く密生したいちごと果てしない草地が現れ、その画面がいちごアイス「キアオラ」*1（「今すぐここで」どうぞ）に変わる、あるいは、「おいしいフレスコ！　ビタミンいっぱい！」のキャッチコピーとともに紙コップ入りのフレスコ牛乳が登場したりする。町じゅうどこも、飲み食いへの誘いだらけだ。道を曲がるごとに「出勤前に卵一個」と、いかにもごもっともなコピーつきの半熟卵のポスターが出現するかと思うと、「牛乳一日一パイント」、「ベビーシャム？　アイ・ラブ・ベビーシャム！」*2、そして極めつきは「週末にはチキン」。

これほどにぎにぎしく食品の大宣伝をしておきながら、ここの人たちにとって、食べ物が単なる「フード」であり、ちっともわくわくしない気の滅入るものであることに変わりはない。小説に、「食べ物《サム・フード》」が運ばれてきた、と書く国だ。愛をこめて料理名を記したりはしない。食料品店に並ぶ山ほどの缶詰には、キジ、ヤマウズラ、タマジカやノロジカといったシカ類など、実にヴァラエティ豊かで思わず食指が動く食材の図柄と、よだれが出そうなエキゾチックな名称、行ったらどんなにかすばらしいにちがいない遥かな国の景色がざっくりと描かれている。でも、この国で少し暮らして利口になった人は、缶詰の中身がいつでも同じ「フード」であり、とりたてて騒ぐほどのものでないのはよく分かっている。おだやかな歓びを味わいながら心を込めて口に運ぶようなものとはほど遠い、ということが。

この国で少し暮らせば、食品を買うときに軽はずみなことをしてはならないと身に染みるようになる。行き当たりばったりの店に入って選んだお菓子を、家に持ち帰って食べるのはやめた方がよい。ごく当たり前のこんなたわいないない行動もここでは慎まねばならない。アーモンドをちりばめ、チョコでかわいらしくコーティングしたそのお菓子が、ひとたび口に入るや、炭と砂の練りものごときしろものと化すからだ。公正を期して付け加えるなら、身体に悪いことはひとつもない。ただ、まずいだけ。無害だけれどとにかくまずい。何百年も昔のお菓子みたいな古色蒼然たる味なのだ。でも、害にはならない。ファラオの墓の副葬品としてミイラの脇に添えられたお菓子なら、きっとこんな味にちがいない。飴ひとつといえども気軽に買ってはいけない。石みたいに硬いかもしれないし、歯にへばりついて口のなかをへんてこな塩味でいっぱいにする危険まで孕んでいるのだから。

食品を販売したり配給したりする場所にはどこも、わびしさがどんよりのしかかっている。大量のグレープフルーツにバナナの房、見た目にきれいなフルーツが豊かにあふれる果物屋のショーケースでさえ、地下鉄の駅だろうが町はずれだろうが畑のまっただなかの人里離れた小村だろうが、いつどこで見ても気が滅入るのはなぜなのだろう。おそらく、どの店先も、よくぞここまで似せたものだと呆れるほどにそっくりだからであり、その果物が、食べたところでぜんぜん味がないのが歴然としているせいだ。いや、もしかすると、売っているのが食べるものだからという、それだけの理由かもしれない。食べるものといったらこの国ではともかく暗いイメージしかないのだから。

それでもなお、イギリスの人《ひと》たちは、食べ物への強迫観念に取りつかれている。町から離れた人気《け》のない道を走っていると、樹木に覆われた深い森や低木の生い茂る未踏の山の斜面の縁っぱたの「お茶《ティー》、昼食《ランチョン》、軽食《スナック》」と書かれた看板に出くわす。こんなありえない謳い文句をふりかざすのはいったいどこのだれ。まわりには人っ子ひとりいないのに。ところが、ほんの少し先へ進むと、なんとキャンピングカーが一台、私たちを待ちかまえているではないか。これならたしかに、お茶か砂糖入りのあのぬるいコーヒーか、それとハムのサンドイッチにありつくことはできる。レジの脇では、大きな球体のガラスの容器のなかで、オレンジジュースがぼこぼこ言っている。ゴム製のオレンジが二、三個浮かんでいるのは、きっとさわやかなイメージが、伝わる人には伝わるだろうという思いつきからか。ときには、開けた牧草地で、キャンピングカーの代わりに、横縞模様の掘立小屋に行き合うこともある。「農場《ファーム》」の看板には、おなじみ「軽食《スナック》」の文字もある。ご当地の素朴な珍味にありつけるかも、と期待しながら足を踏み入れる。「ファーム」は、午後四時にフィッシュ・アンド・チップスを食べようという通りすがりのロンドン子たちでごった返している。レジのかたわらには、あのオレンジジュースのゴム球と「おいしいフレスコ!」の文字とともにフレスコ牛乳の紙コップが並んでいる。「スナック」とはサンドイッチ。「ファーム」のサンドイッチは、あらかじめスライスした、普通の食パンの耳を切り取って四角い紙パックに包装した、ライアンズ[*3]の店やイギリスのどこのスーパーでも売っているのと同じものだ。まわりにはしっとりした緑の牧草地が一面に広がっている。さわさわとかすかな音を立てるだけで静寂そのもの。自然のままでありながら、おだやかで、世界にまたとない美しさだ。家畜が食べる草ではないのでにおいはない。こやしや家畜のにおいも、耕した土や干し草のにおいもないし、音もない。田舎でよく耳にする荷車の音や馬が地面を踏みつける音も聞こえてこない。においのない清潔な乳牛たちが囲いのなかで草を食んでいる。監視する人はだれもいない。牛飼いも犬も農夫も、姿はない。ときおり、田舎ののどまんなかで「パブ」に出くわすことがある。赤いビロードの絨毯に金色の窓枠で派手に飾りたてた内装で、ロンドン繁華街のパブと瓜二つだ。一隅に暖炉があって模造の炭や切り株が燃えている。模造品とはいえ、なかなかよくできている。金剛砂で磨いたずっしり重い大きなエメリーグラスでビールを飲む。ビールは貯蔵庫から、ブリキや亜鉛のバケツに入れて運んでくるのだが、これがどうしても汚水を連想させる。ほかの店でもときどきこれをやる。ロンドンでもそうだ。なぜ別の容器を使わないのだろう？　理由が分からない。イギリスの人は、これが何を連想させるかといったことに気が回らないらしい。もしかするとあのバケツこそ、イギリス人が飲み物や食べ物に対して抱く奥の深い侮蔑、秘めたる嫌悪の証なのかもしれない。飲食物を表す言葉まで侮蔑的な響きを備え、嫌悪を露わにしているように私には思える。「スナック、スカッシュ、ポウルトリ」などというコピーを持ち出すのが侮蔑でなくてなんだろう？　サンドイッチ、オレンジジュース、チキンとシンプルに言えばすむものを。

よくよく考えてみると、食品を売ったり配給したりする場所につねに重くのしかかるあの気の滅入るわびしさは、きっとイギリス人の食べ物への嫌悪感にひたすら根差しているのにちがいない。カフェであれレストランであれ、あの、ブルジョワ的な品格からほんの少しだけ目をそらせば、あっという間に貧民の食堂そのものに成り変わる。そして、夜。ウィークデーの定められた夜には、都心の最高にエレガントなレストランや、風変わりな屋号を持つ深い謎に包まれた密会の場所たるミステリアスなメゾン・ヴォルペまで、扉の前が、なかからゴミがあふれ出るとてつもなく大きな灰色のゴミ箱に占領される。ゴミ箱は世界中どの国にあっても嬉しいものではない。そうは言っても、こんなにでかくて目立って、あたりの空気中の灰色のスモッグまで浸み込んだみたいな、灰色の、口からゴミがあふれ出すゴミ箱。ここまでやりきれない陰鬱《メランコリー》さを満載したゴミ箱は、世界じゅうどこを探したってありえない、私はそう信じている。

訳注

＊1　キアオラはアイスクリームも製造していたフルーツジュース会社の商標。このエッセイが書かれた一九六〇年にイギリスでコマーシャルフィルム〈Ice cream and Kiaora〉が放映されていたもよう。「今すぐここで」の但し書きはKi＝qui（イタリア語「ここで」の英語風発音）とora（イタリア語「今」）を組み合わせたものか。
＊2　一九五三年にイギリスで発売されたスパークリングペリー（洋ナシ酒）。
＊3　食パン「スーパーブレッド」で知られたイギリスの食品会社。

彼と私

彼[*1]は暑がりで私は寒がりだ。こうくそ暑くてはたまらないと、夏の暑さの盛りの彼は文句ばかり言っている。夜になって私がセーターなど着ようものなら怒りだす。

彼は何か国語かを流暢に話す。私は一か国語たりともろくすっぽ話せない。彼は知らない言語でも、自己流になんとか話してみせる。

彼は方向感覚がすばらしい。私は救いようのない方向音痴だ。知らない町でもたった一日いれば、彼は蝶のごとく軽やかに飛びまわる。私は住み慣れた町でも道に迷い、自宅までの道順をだれかに教えてもらう。彼は人に教えてもらうのが嫌いだから、初めての町を車で走るときにも道を尋ねようとしない。地図をしっかり見ていろと私に言う。私は地図が読めないから、小さな赤マルを追ううちにわけが分からなくなる。そこで彼は腹をたてる。

彼は、芝居、絵画、音楽、なかでも音楽には目がない。私は、音楽はからっきしダメ。絵画はどちらかというとどうでもよいし、芝居に行くと退屈する。私が愛しよく分かるものといったら世界にたったひとつ、詩だけである。

彼は美術館が好きだ。私は義務感からしぶしぶ足を運ぶけれど面倒くさい。彼は図書館が好きだが、私は大嫌いだ。彼は旅行好きで外国の見知らぬ町を愛する。外食も好きだ。私はできれば四六時ちゅう家にじっとしていたい。どこにも行きたくない。

それなのに彼のお伴で私はけっこう旅をしている。美術館にも教会にもオペラにもついて行く。コンサートにまでつきあっては居眠りをする。

彼は指揮者や歌手と顔なじみなので、舞台がはねた後、出演者を訪ねて讃辞を述べに行きたがる。楽屋へ続く長い廊下を私も後について行き、枢機卿や王様の衣装をつけた人たちと彼がお喋りするのを聞いている。

彼は人見知りしない。私はシャイだ。それでもたまに、彼がおどおどするのを目にすることがある。警察官が、たとえばノートと手帳で武装して私たちの車に近づいてくるときだ。相手が警察官だとそれだけで彼は疚《やま》しい気持ちになって、びくびくする。

疚しいところなど少しもないのに卑屈になるのは、どうやら既成の権力に敬意を抱いているかららしい。

既成の権力は私にとっては恐怖の対象だが、彼は違う。敬意の対象なのだ。私とは違う。[2]罰金を科すためとはいえ、警察官が近づいてきたら、このまま牢屋に連行されると私は思ってしまう。彼は、牢屋など思いもよらない。敬意を払うがゆえに、弱腰になり礼儀正しくなる。

彼が既成の権力を崇めたてるものだから、モンテージ裁判事件[3]のときには、ほとんど気も狂わんばかりの激しい口論になった。

彼の好みはタリアテッレと子羊肉とさくらんぼと赤ワイン。私の好みはミネストローネとパンコット[4]とオムレツと野菜。

こと食に関してきみは何も分かっちゃいない、彼は私にそう言ってばかりいる。修道院の暗がりに生えた葉っぱ入りスープをがつがつむさぼる、体のどでかい坊さんみたいなもんだ、ぼくはといえば舌の肥えた食通だからな、と。レストランでは、じっくり時間をかけてワインリストを吟味する。ボトルを二、三本持ってこさせると、ラベルを見つめ、頬髯をゆっくりなでつつ考え込む。

イギリスには、ワインが口に合うかどうか、ウェイターが客のグラスにほんの少量注いで味見させるあのちょっとした儀式を行う店がある。このちょっとした儀式を彼は憎悪しているから、決まってウェイターを阻止してボトルをひったくる。それはよくない、仕事としてやらなくてはいけないことがだれにだってあるのだからそれは尊重しなくちゃ、そう言って私はその都度彼をたしなめたものだ。

こういう人だから、映画館で案内の女性が席までつきそうなんてとても耐えられない。さっさとチップを渡して、案内係が懐中電灯で示すのとは逆方向の席へとまっしぐらに遁走する。

映画館ではスクリーン至近の前方に席を陣取りたがる。友人が一緒の場合、大方例にもれず友人は後方に坐ろうとする。しかし彼はひとりでさっさと前方のどこかに姿をくらます。私は近くても遠くてもよく見えるのでどちらでもよいのだけれど、友人と一緒のときは礼儀として、彼らと一緒にいる。そうしながらも、隣に私がいないので、スクリーンから目と鼻の席で彼がむかっ腹をたてているかもしれないと思うと気が気でない。

ふたりとも映画は好きだ。どんな時間だろうがどんな映画だろうが、観に行くのにやぶさかでない。それにしても彼は、映画のストーリーをディテールまでしっかり把握している。所在が分からなくなったり忘れ去られて久しい大昔の映画でも、監督や俳優を覚えている。遠い幼少期の記憶に焼き付いた贔屓《ひいき》の役者が、ほんの数秒とはいえ登場する大昔のサイレント映画に巡り合うためとあらば、何千キロだって車を飛ばしかねない。あれは、ロンドン時代の、ある日曜の午後のことだった。一歩先はもう原っぱというとんでもない町はずれで、フランス革命が題材の映画を上映していた。彼が子どもの頃に観た一九三〇年代の作品で、当時の人気女優が、ほんの一瞬だけスクリーンに現れるというものだ。私たちは車で、地の果てかと思しきその界隈を目指した。雨降りで霧がかかっていた。両側に居並ぶのは、小さな家々の、灰色にくすんだ雨樋と門灯と門の鉄柵の列ばかり。どこも代わり映えのしない町はずれの住宅地を、あてどなく何時間も迷走した。私の膝の上には地図が広げてあるものの、読めないから彼はキレる。ようやく映画館が見つかって、客がひとりもいない小さなホールに私たちは腰を下ろした。ところが十五分ほどで、彼が出ようと言い出した。ご贔屓女優がほんのちょこっと姿をみせた直後のことだ。せっかくこんなに遠くまで来たのだし、私は、最後がどうなるのか見届けたかった。けっきょく彼と私のどちらの言い分が通ったのか覚えていないけれど、たぶん彼の方だろう。十五分で私たちは映画館を後にした。ひとつには時間がもう遅かったこともある。午後いちばんで家を出たのに、はやくも夕食どきになっていた。でも結末を知りたいから話してほしいと頼んだのに、満足のいく答えはなにももらえなかった。ストーリーなんかどうでもよい、値打ちがあるのは、あの女優の横顔と仕草と巻き毛が映し出されたあの数秒だけ。これが彼の言い分だった。

　私は、俳優の名前がどうしても覚えられない。人の顔を見分けるのが苦手なので、超有名な俳優ですらすぐには識別できないこともある。これがまた彼のイライラをとてつもなく募らせる。あの人だれ？　こっちの人は？　と聞きまくってはバカにされる。「まさかきみ、ウィリアム・ホールデンが分からなかったわけじゃないよな！」

実を言えば、ウィリアム・ホールデンが私は分からなかったのだ。それでも私だって映画は好きだ。しかし、何年も前から映画館通いをしているにもかかわらず、私は映画通になれない。彼の方は映画を素養に仕立てあげた。彼は、興味を引かれたものは何であれ、自らの知識と教養として取り込むことができる。私は、人生で何より愛したものですら、ひとつたりとも素養として身につけることはできなかった。それらは、思い出と感動で人生に豊かな栄養を与えてはくれたけれど、ばらばらのイメージとして散らかったまま、私だけの教養として空っぽの荒地を埋めてくれることはなかった。

彼は、私には好奇心が欠如しているのだと言うけれど、それは違う。たくさんではないけれど、ごくわずかとはいえ、私だって好奇心をそそられるものはある。そうしたものに出会うと、そのイメージを、まとまりのないままになんらかの文章や言葉にして、その抑揚《カデンツァ》を心のなかにしまい込む。しかし、カデンツァとイメージがなんらかの筋立てによって連結されることもなくそれぞれてんでんばらばらに孤立したままなので、私の世界は不毛だし殺伐としている。もっとも、もしかするとそれぞれのつながりが私自身に見えていないだけで、私が気づかない秘密のなかに、筋立てみたいなものがなにか隠れているのかもしれないのだけれど。それにひきかえ彼の世界は驚くばかりの緑に満たされている。人が住みついて手入れも行き届いている。森から牧場から菜園から集落から、なにもかもがそろった潤いのある肥沃な田園なのだ。

私はなにかしようとすると、それがなんであれ、ひどく骨が折れるしくたびれるし自信が持てない。並外れた怠け者だから、ひとつなにかに結着をつけようと思ったら、何もせずにソファーでごろごろする時間がたっぷりないと絶対に無理なのだ。彼は、何もせずにグダグダするなどまずありえない。いつもなにかしらのことをやっている。ラジオをつけたまま猛スピードでタイプを打つ。昼寝には、校正ゲラや注がびっしり詰まった本を抱えて行く。同じ一日のうちに、映画に行き、パーティーに顔を出し、締めは観劇に足を運ぶ。一日で多種多様なことをやってのけ、私までつきあわせて一緒にやらせてしまう。系統がまったく異なる人たちに会うのもへっちゃらだ。私がもしもひとりで同じことをしようとしたら、絶対にひとつもやりおおせない。三十分で去るつもりだった場所に午後いっぱいぐずぐず留まってしまったり、道に迷ってたどりつけなかったり、一番会いたくない苦手な人に一番行きたくない場所に引っ張っていかれたりするからだ。

ある日の私の午後がどんなふうだったか語ろうものなら、彼は、目を覆うばかりのあり得ない午後であると判定を下し、おもしろがって私を冷やかし、あげくの果てには怒りだす。ぼくがいないときみはなにひとつできないんだから、と言う。

私は時間のやりくりができない。彼はできる。

彼はパーティーが好きだ。まわりが皆ダークスーツのときでも、明るい色のカジュアルな服装で出かける。パーティーに行く前に着替えをしようという発想は彼の頭をかすめることすらしない。よれよれの愛用レインコートに、ロンドンで買ったウールのひしゃげた帽子を目深にかぶったいつものスタイルで行ってしまうこともある。会場には三十分しかいない。グラスを片手に三十分、お喋りしながら手を休めることなくつまみをせっせと口に運ぶ。私はほとんど何も食べない。彼が次から次へとむしゃむしゃ食べるのを見ていると、礼節というものもあるし、せめて私は遠慮しておこうという気持ちにさせられるからだ。三十分ほどして私がようやく雰囲気にも慣れて居心地がよくなってくる頃あいに、彼はそわそわし始めて私を会場から引っぱり出す。

私は踊れないけれど、彼は踊れる。

私はタイプができないけれど、彼はできる。

私は車の運転ができない。私も免許をとろうかしらと言うと、やめておけ、と彼は言う。どうせとれっこないから、と。なにごとにつけ私が彼に頼っているのが嬉しいらしい。

私は音痴だけれど、彼は歌がうまい。声域はバリトン。もしも声楽を勉強していたら、ひょっとして有名な歌手になっていたかもしれない。

音楽の勉強をしていたら、もしかするとオーケストラ指揮者になっていたかもしれない。レコードを聴きながら、鉛筆でオーケストラの指揮をする。指揮をしながらタイプを打ち、電話に出る。いろいろなことが同時にできてしまう人なのだ。

職業は大学教員だが、うまくこなしていると思う。

その気になればできる職業は、ほかにもたくさんあったはずだ。でも、あの仕事をしてみたかったと愚痴をこぼすことはない。私は、どんなにやりたくても、こなせる仕事といったらひとつしかない。たったひとつの仕事。それは私が選び、ほぼ子どもの頃から続けてきたものだ。私も、携わらなかった職業のどれひとつとして未練を感じるものはない。もっとも私の場合は、ほかの職業といったところで、うまくこなせるものは何もなかったろうけれど。

私は小説を書いている。とある出版社で永いこと働いた。

私の仕事ぶりは、悪くはなかったけれどよくもなかった。ともかく、そこでなければ、どこへ行こうが勤まらないのは分かっていた。同僚とも社長とも、友だちの関係にあった。この友人たちに囲まれていなければ、私の気力は萎《な》えてとても働けないのが分かっていた。

いつの日か映画のシナリオ・ライターになる夢は、長いこと胸のうちに温めていた。けっきょく、そうしたチャンスには恵まれなかったし、チャンスの探し方も分からなかった。今はもう、シナリオ・ライターは諦めている。[*5] 彼は、かつて若かりし頃にシナリオの仕事をしたことがある。彼も出版社で働いたことがある。小説を書いたこともある。私がしたことはぜんぶやったし、ほかにもたくさんのことを彼はしてきた。

彼はもの真似が得意だ。特に、とある老伯爵夫人のもの真似は絶品だ。俳優になってもきっと成功していただろう。

いちどロンドンで、歌手として舞台に立ったことがある。ヨブのパートだった。[*6] フロックコートをレンタルした。フロック姿で譜面台のごときものの前に立って歌っていた。朗誦とも歌唱ともつかないヨブのパートを歌っていた。つっかえるんじゃないか、フロックのずぼんがずり落ちるんじゃないか、桟敷席の私はハラハラしどおしで、生きた心地もしなかった。

旧約聖書の「ヨブ記」に登場する天使や悪魔、その他のパートを歌うフロックの男性たち、イブニングドレスの女性たちに囲まれていた。

大成功だった。彼の歌がよかったと讃辞を浴びた。

もしも私が音楽好きになっていたら、きっと情熱を傾けてのめりこんでいたと思う。でも私は音楽が分からない。ときどき無理やり彼に連れて行かれるコンサートでは、音楽に集中できないからほかのことを考えている。さもなければ、ぐっすり眠る。

私は歌うのは好きだ。下手だし度はずれた音痴なのだけれど、それでもまわりにだれもいないと折にふれてすごく小さな声《ピアニッシモ》で歌う。ひどい音痴だというのは人に言われるから知っている。私の声は、どうやら猫の鳴き声みたいなものらしい。でも、自分はそんなことには気がつかないから、歌っているときはすごく気持ちが好い。彼に聞こえてしまうともの真似のネタにされる。彼に言わせると、私の歌は音楽の域をはずれたなにか、私が気ままに創り出したなにかなのだそうだ。

子どもの頃、私は自分で思いついた旋律を、ぼそぼそつぶやいていた。延々と続くテンポの遅い嘆き節みたいなもので、口ずさむたびに涙ぐんだりしたものだ。

絵画や造形芸術が理解できないのは気にならない。でも、音楽が好きになれないのは悔しい。私の精神が、音楽への愛の欠如に苦しんでいるような気がする。でも、だからと言ってどうする手立てもない。今後も決して、音楽を理解することも愛することもないだろう。いい音楽だなと感じることはときたまある。でも覚えられない。覚えられないものを、どうやって愛することができるだろう。

歌を聴くと言葉は記憶に残る。気に入った歌詞は何回でも繰り返せる。歌詞についた旋律なら、自己流に猫の声で繰り返せる。にゃーにゃー猫鳴きをしていると、どこか幸せな気持ちになれるのだ。

小説を、私は音楽の抑揚《カデンツァ》と韻律《リズム》にしたがって書いているような気がする。きっと音楽は私の世界のすぐ隣にあったのだ。それなのに私の世界は、なぜか音楽を迎え入れなかったらしい。

わが家では、一日じゅう音楽が聞こえている。彼が一日じゅうラジオをつけっぱなしにしているのだ。ラジオでなければレコードをかける。少し静かにしてもらわないと仕事ができないので、ときどき私は文句を言う。すると彼は、美しい音楽があれば、どんな仕事でもぜったいに捗《はかど》るものだと言う。

膨大な量のレコードを買い込んでいる。本人の言うところでは、世界でも有数のすばらしいお宝コレクションのひとつだそうだ。

朝、バスローブのまま、風呂あがりのしずくをしたたらせつつラジオのスイッチを入れる。タイプライターの前に腰を下ろすと、嵐のように騒々しい、仕事ずくめの彼の一日の始まりだ。なにごとにつけ、彼は過剰気味なのだ。バスタブにはあふれるまでお湯を入れるし、ティーポットとティーカップにはこぼれるまで紅茶を注ぐ。シャツとネクタイの数は常軌を逸しているけれど、それでいて、靴は滅多に買わない。

お母さんの話では、小さい頃は整理整頓と几帳面を絵に描いたような子だったらしい。いちど、ある雨降りの日に、泥水の流れる田舎道を歩くはめになったそうだ。彼の長靴は白、服も白だった。帰ってきた後、服にも長靴にもハネをあげた痕跡は皆無で、一点の汚れもついていなかったという。今の彼に、かつての無垢な幼子《おさなご》の名残はない。服はいつでもシミだらけ。なんともだらしない大人になったものだ。

それでも、ガス代の領収書は意固地にぜんぶ保管している。引き出しには、大昔のガス代と、引っ越してからもうだいぶ経つかつての家賃の領収書が詰まっている。頑として捨てようとしない。黄ばんでカサカサになった年代物のトスカーノ葉巻と桜材の吸い口まで鎮座している。

私はフィルターなしのロングたばこストップを吸う。彼はトスカーノをときどき吸っている。

私は整理整頓がものすごく下手だ。でも歳をとるにつれて、きちんと整頓されたものが恋しくなってきた。だからときどき意を決して箪笥を片づける。たぶん、几帳面だった母を思い出す*7からだろう。シーツと毛布の箪笥を整理して、夏には引き出しのひとつひとつに白い布の覆いをかぶせる。自分の原稿を片づけることは、まずしない。母はもの書きではなかったから原稿はないので。ものを整理するときも散らかすときも、私は辛さと疚しさの詰まった複雑な思いに苛まれる。彼にあっては、無秩序が勝利を宣言している。自分のような研究者の場合、机が散らかるのはしごくもっともであり当然のなりゆきだと居直っている。

私は優柔不断でやることなすことに自信が持てず、うしろめたさに苛まれる。これを彼にどうにかしてもらいたいのだけれど、協力してくれる気配はない。私のささいな行動をどれも笑い飛ばして、からかってばかりいる。私が市場に買い物に行くとき、たまに跡をつけてきてこっそりようすをうかがい、後から私の買い物の仕方をあげつらってバカにする。じっくり選び出したオレンジを掌に載せて重さまで量っておきながら、彼が言うには市場のなかでいちばんひどいやつを買ってきたとか、こっちで玉ねぎ、そっちでセロリ、あっちで果物とそれぞれ別の屋台で買うから、たかが買い物ごときに一時間もかけているのだとせせら笑う。ときどき彼が実例を示して、どうすれば効率よく買い物できるか私に指南する。彼はなにもかも、なんの迷いもなしに同じ一つの屋台で買い、籠ごと家まで届けさせてしまうのだ。ちなみに、セロリは買わない、大嫌いなので。

こうして、私はますます、自分が何をやってもへまをしそうで自信をなくす。だから、へまをしたのが彼の方だと分かった日にはこれ幸いと、とことんしつこく彼を責めたてる。私はときどき、ものすごくイヤな女になるのだ。

彼の怒りはとつぜん爆発してビールの泡みたいにあふれ出る。私の怒りも突発的だ。異なるのは、彼の怒りはすぐにどこかへ消えるけれど、私のは恨みがましく、いつまでもしつこく後を引く点だ。

めそめそした猫の鳴き声みたいで、きっとうんざりの極みだろうと思う。

彼の怒り旋風が巻き起こると、ときどき私は泣く。泣くと、彼は落ち着きをとりもどしてやさしくなるどころか、よけいヒートアップする。私が泣くのは見え透いた茶番だと彼は言う。たぶんそのとおりだ。彼の怒声に目を涙でいっぱいにしながらも、心のなかは冷静そのものなのだから。

ほんとうに辛いときには私は決して泣かない。

キレると、昔はお皿などの食器を床に投げつけたものだ。今はもうやらない。たぶん歳をとって、私の怒りも激しさが弱まったせいだろう。それに、使っているお皿に手を出す勇気が、今はたぶんない。ロンドンはポートベロー通りのアンティーク・マーケットで買った大好きなお皿だから。

そのお皿も含めて、私たちが一緒に購入したほかのいろいろなものの価格が、彼の記憶のなかでは、いつの間にか大暴落している。安値でお買い得の買い物をしたと彼は思いたいのだ。私はあのお皿のセットがいくらしたか知っている。十六ポンドだった。なのに彼は十二ポンドだと言って譲らない。家のダイニングルームに飾ってあるリア王の絵もしかり。これもポートベロー通りで彼が購入し、玉ねぎとじゃがいもの皮で表面をきれいに拭いたのだ。いくらで買ったと今ではある数字を言っているけれど、私が覚えている値段はそれをはるかに上回る。

何年も前のことだが、彼はスタンダード*8で、ベッドの脇に置くマットを十二枚購入した。安かったし、買い置きも必要だからと大量に買いこんだ。日用品の買い物はなんでも、私はからっきしダメだと彼が言い出したので、口論の末にたくさん買うことになったのだ。ブドウの搾りかすみたいな色のマットは、あっという間にまるで死後硬直したかのようなおぞましいシロモノと化した。キッチンのバルコニーの鉄線に並んでぶら下がるその姿には虫唾《むしず》が走った。買い物の失敗例として、ことあるごとに私はこの一件を彼に思い出させたものだ。だって安かったもの、ほとんどただ同然だったし、と彼は繰り返していた。私がそれを捨てることができたのは、だいぶ時がたってようやくのことだった。あまりに数が多かったので、いざ捨てようとなると、ひょっとして雑巾代わりに使えるかもしれないし、と逡巡したためである。彼も私も、ものを捨てられない性分だ。私の場合は、ユダヤ的なもったいない精神と、私個人のとてつもない優柔不断のせいである。彼の場合は、節約精神の欠如と衝動的な行動を自戒するからだろう。

彼はよく、重曹とアスピリンのまとめ買いをする。

謎の体調不良で、ときおり具合が悪くなる。どんな症状なのか、彼自身もうまく説明できない。シーツにすっぽり包《くる》まって頬髯と赤い鼻の先だけ覗かせ、一日じゅうベッドに横になる。重曹とアスピリンを馬みたいにがばがば飲むのはこのときだ。きみには分かりっこない、と彼は言う。きみは、体のでかい坊さん並みに丈夫で、すさまじい嵐のなかだってびくともしない。それにひきかえぼくは、繊細だし虚弱だし、謎の持病まであるんだから。夜には元気をとりもどし、キッチンに行って自分のタリアテッレを作る。

若い頃は美男でほっそりして、しなやかな体つきだった。頬髯はなかったけれど柔らかそうな長い口髭をたくわえており、俳優のロバート・ドナットに似ていた。初めて出会った二十年ほど前はざっとそんなふうだった。おしゃれな、チェックのフランネルシャツみたいなのを着ていたのを覚えている。ある日の夕方、当時私が住んでいた下宿まで送ってくれたのを覚えている。ナツィオナーレ通りを並んで歩いた。私は、経験と失敗をたくさん重ねて、すでにたっぷり歳老いた気がしていた。彼が、私とは十万年もかけ離れた若者に思えた。*9 あの日暮れどきに、ナツィオナーレ通りで何を話したのだろう。思い出せない。大したことは話していないはずだ。いずれ夫と妻になるだろう、などという発想は、これまた十万年も私からは隔たったところにあった。その後は会う機会もなかった。再会したときには、ロバート・ドナットの面影はもはやなく、どちらかというとバルザックに似ていた。再会したそのときも、やはりチェックのフランネルシャツを着ていたけれど、ほとんど極地探検隊のいで立ちだった。頬髯をはやし、しわくちゃのウールの帽子をかぶっていた。なにからなにまで、差し迫った極地への出発を思わせた。いつも暑がっているくせに、まるで、雪と氷と白クマに囲まれているかのような厚着をすることも珍しくない。そうかと思うと、ブラジルのコーヒー栽培の人みたいな薄着のこともある。ともかく、いつでも、周囲とは違う身なりをする。

昔、ナツィオナーレ通りを一緒に歩いたことを話すと、覚えていると言う。でも、嘘に決まっている。彼は何も覚えていないのが、私には分かっている。ときおり、ふと思う。二十年ほど前にナツィオナーレ通りにいたあのふたりは私たちだったのだろうか。沈んでいく太陽の日差しを受けて、あんなに上品な垢ぬけたようすで、たぶんなんということのないよもやま話をしたあのふたり。そぞろ歩きしながら知的な会話を交わす好感のもてるふたりの若者。すごく若くてすごく行儀がよくて、すごくうわの空だった。うわの空のまま、ふたりして、相手に好意的な判断をくだそうと努めていた。もう二度と会うことはないだろうと感じながら、あの黄昏の通りの、あの角で別れたあのふたり。あれはいったい、私たちだったのだろうか。

訳注

＊1 ガブリエーレ・バルディーニ（一九一九〜六九）。ローマ大学でマリオ・プラーツらに師事した英文学者。ロー

マのエイナウディ社付近でナタリアが彼と初めて出会ったのは一九四四年の年末で、ちょうど「ぼろ靴」に描かれた時代と重なる。その後、ローマで会う機会はなかったようだ。それから五年近い年月を経た一九四九年九月に、ヴェネツィアで開かれたペンクラブの集まりで再会し、翌一九五〇年に三十三歳のナタリアが再婚した相手。ウィルス性肝炎のため四十九歳で他界した。

＊2 バルディーニはユダヤ系ではない。警察がらみのナタリアの体験については、72ページ「人間の子ども」訳注2参照。

＊3 一九五三年四月、当時二十一歳だったイタリア娘ウィルマ・モンテージの遺体がローマ南方のトルヴァイアニカ海岸で発見された。警察は事故説を掲げて事件を封印しようとしたが、ジャーナリズムが殺人事件であるとの反証を掲げて激しい論戦を巻き起こした。モンテージが映画進出を目指していたこともあり、当時の映画界や政界の大物まで巻き込む大規模な裁判へと発展した。

＊4 硬くなったパン入りの具だくさんスープ。

＊5 映画がらみで言えば、一九六四年にナタリアは、P・P・パゾリーニ監督の『奇跡の丘』にベタニアのマリア役で出演している。バルディーニもイエスの弟子のひとりに扮した。

＊6 ウィーンの作曲家ディッタースドルフ（一七三九～九九）のオラトリオ『ヨブ』のタイトルロール。

＊7 母リディアは一九五七年四月に急逝した。

＊8 イタリアのスーパーマーケットチェーン。現在のスタンダ。一九三一年の創業当時はスタンダード・デパートという名称だった。一九七三年にスタンダと改名。

＊9 初めてローマで出会ったとき、ナタリアは二十八歳、バルディーニは二十五歳だった。

第二部

人間の子ども

戦争があって、多くの家が瓦礫と化すのを人びとは目のあたりにした。かつては平穏で安全だったわが家にいても、もはや心安らかではいられない。以前にはもどらない何かがある。年月がどれだけ流れようとも、私たちが元どおりになることは決してないだろう。きっと、テーブルには以前と同じように灯りをともして花瓶に花を生け、大切な人たちのポートレートを飾るかもしれない。しかし、これらのどれひとつとして、私たちが信じられるものは、もはやない。これらはどれも、一度は急遽、置き去りにせざるをえなかったものであり、瓦礫のあいだをむなしく捜しまわったものたちなのだから。

私たちがくぐりぬけたあの二十年の歳月[*1]から私たちが立ち直れるなどとは、考えるだにばかげている。迫害を受けた私たちのだれひとり、もう二度と安らぎをおぼえることはない。夜中に響く呼び鈴が意味するものは、私たちにとって「警察」という一語でしかない。[*2]昨今では「警察」という言葉の裏に、保護とか援助を延べてくれるフレンドリーな顔もきっとあるはずだといくら自分に言い聞かせても無駄だ。この言葉が私たちの心に醸し出すものといったら、不信と恐怖のほかには何もない。眠っているわが子に目をやっては、夜中にたたき起こして逃げる必要はもうないのだと思ってほっとする。しかし、心の底から一〇〇パーセント胸をなでおろしているわけではない。夜中に起き出して、落ち着いた部屋も手紙も思い出も衣類も、なにもかもそのまま置き去りにして逃げなくてはならなくなるときが[*3]、早晩きっとまたやって来そうな気がしてならない。

いちど味わった苦い経験は、決して忘れるものではない。家が瓦礫と化すのを目のあたりにした者は、花瓶や絵画や白い壁がどれほどはかない財産であったかを、あまりにも歴然と見せつけられてしまった。家屋がどのようなものでできているか、いやというほど思い知らされた。家は煉瓦と石灰でできている。だから崩れても不思議はない。さほど堅固なものではない。いつなんどき崩壊してもおかしくないのだ。おだやかにたたずむ花瓶、ティーポット、カーペット、ワックスをかけたぴかぴかの床。それらの背後には家屋が秘めるもうひとつの顔がある。本当の顔がある。瓦礫と化したときに露わになる、残忍な顔だ。

私たちがこの戦争体験から立ち直ることは二度とないだろう。立ち直ろうとしたところで無駄である。これから先もう二度と、私たちが、なすべきことを冷静にこなす人間、思索し工夫を凝らして自らの生活をおだやかに築き上げる人間でいることはありえない。私たちの家がどうなったかは見てのとおり。私たちがどんな目に遭ったかも見てのとおりなのだ。私たちが心おだやかな人間でいることは、もう二度とありえない。

現実の最も陰惨な側面を、私たちは知ってしまった。しかし、そのおぞましさを今も根に持っているわけではない。相変わらず、こんな苦言を呈する人がいる。もの書きが陰惨な語句を無神経に持ち出して苛酷な現実を露わにするのはいただけない、刺々しい言葉で辛く悲しいことを書きたてるのはいかがなものか、と。

しかし、私たちは書物に嘘を書くわけにいかない。何をするにせよ、嘘はつけない。おそらくこれが、戦争が私たちに分からせてくれた、唯一の善きことなのだ。嘘をつかない、そして他人の嘘を容認しない。私たち若い世代は、目下これを実践している。上の世代は、嘘、すなわち現実を包み込むヴェールと仮面を、今もなお、こよなく愛している。だから、私たちの言葉が彼らを悲しませ、彼らの怒りをかき立てるのだ。現実に立ち向かう私たちの姿勢が、彼らには理解できない。私たちは、ものごとの本質の近くに立ち位置をとることを覚えた。これが、戦争がもたらした唯一の善きものなのに、戦争はそれを、私たち若い世代にしか贈ってよこさなかった。上の世代には不安と恐怖を与えるのみにとどまったのだ。私たち若者とて恐怖は感じる。家にいても不安を覚える。しかし私たちは、この不安や恐怖を前にして無防備ではない。私たちの前を生きる世代がこれまで身につけたことのない、強靭さと力を備えている。

ある人にとっては、家屋の倒壊とドイツ兵をもって初めて戦争の火ぶたが切られた。[*4] しかし、ある人にとっては、もっと以前、ファシズムの初期から戦争は始まっていた。後者にあっては、不安感も絶えることのない危機感も、前者に比べてはるかに大きい。私たちの多くにとっては、隠れなくてはならない、いつなんどきベッドと家の温もりからひき離されるか分からないといった危機意識が、もう何年も前からつきまとい始めていたのだ。危機感は子どもの遊びのなかにまで忍びこみ、学校の勉強机にまでついてきて、まわりにいるのはだれもみな敵だと思えと教えた。イタリアでもよその国でも、私たちはたいていそんなふうだった。そして、いずれは私たちの町の通りを安心して歩けるようになるだろうと信じていた。しかし、安心して歩くことはおそらくできるようになった今もなお、あの不安と恐怖の病はどうやら治っていないと私たちは思い至る。だから私たちはどうしても、新しい力、いかなる現実にも対抗できる新たな強靭さを、休みなく探し続けなくてはならない。カーペットや花瓶には期待できない内なる安らぎを探すように、仕向けられているのだ。

人間の子どもに安らぎはない。狐や狼には巣があるけれど、人間の子には安心して眠れる場所がない。私たちの世代は、人間のひとつの世代であって、狐や狼の一世代ではない。私たちのだれもが、どこかに頭を預けて安らぎたいと強く望んでいるはずだ。温かくて水はけのよい小さな巣はだれしも欲する。それなのに、人間の子どもたちに安らぎはない。なにかによりかかって眠りたい、なんでもよいから確かなもの、信じられるものを確保して全身をゆだねたい、そんな幻想を、私たちのだれもが生涯に一度は抱いた。しかし、あの頃確かだったものはことごとく剝ぎ取られ、信じていたものが安らかな眠りを誘ってくれたことは一度もない。

私たちはもはや涙の涸れた人間だ。私たちの親を感動させたことが私たちを感動させることは、もう絶対にありえない。親や上の世代は、私たちの子育てに難癖をつける。自分たちがしたように、私たちも子どもに嘘をついてほしいらしい。子どもたちには、小さな木立や兎の図柄をあしらったピンクの壁のかわいらしい部屋で、フラシ天のぬいぐるみで遊んでいてほしいらしい。子どもたちの幼少期をヴェールと嘘で巻きつくし、現実の正体を入念に隠しおおすことを私たちにも求めている。でも、私たちには、そんなことはできない。ぐっすり眠っているところを、サイレンが夜空を引き裂いているからとたたき起こし、さあ逃げなくちゃ、隠れなくちゃとうろたえながら暗がりのなかで服を着せた子どもたち。親の顔が恐怖でひきつるのをその目で見た子どもたちに、私たちが嘘をつくことなどできるはずがない。この子たちは、物語でごまかすわけにはいかない。あなたはキャベツ畑で見つけたのよだの、亡くなった人のことを、あの人は長い旅に出たのなどと、物語を話して聞かせることはできないのだ。
私たちと上の世代のあいだには、埋められない溝がある。彼らの危機感は、笑って済ませることができる程度のものだった。家が倒壊することなど、滅多になかった。地震も火災も、そう頻繁に起こりはしなかったし、だれもが経験するわけでもなかった。女は編み物をして料理人に食卓の指図をし、瓦礫と化す心配のない家に友だちを招いていればよかったのだ。それぞれがじっくり考え、工夫をこらし、自らの平穏な生活を築くことに意を注いでいた。今とは時代が違う。きっとどんなにか暮らしやすい時代だったことだろう。しかし私たちは私たちならではのこの苦悩から逃れることはできない。それでいながら心の底では、人間としての私たちの運命をにこやかに歓迎している。

訳注

＊1　一九二〇年代から一九四四年までのファシズム時代を指す。複数形の主語代名詞「私たち」は「ある友人の肖像」同様のぼかしの手法によるもの。ここでは戦争の被災者、とりわけユダヤ系の「私たち」ととれるが、同時にもの書きとしての「私たち」であり、親の次世代としての「私たち」であり、また子どもから見た親としての「私たち」でもある。

＊2　ナタリアはたとえばこんな経験もしている。一九三四年三月、次兄マリオの非合法活動が発覚して家宅捜索に来た警察に父がそのまま連行されて拘留された。長兄ジーノもレオーネ・ギンズブルグも逮捕されて、ジーノは二か月、レオーネは二年獄中にあった。マリオは川を泳いでスイスに逃亡し難を逃れたが、その後間もなく従軍中の三兄アルベルトが捜査の対象となり夜中に警察がやってきた。そのとき、母は父と兄ジーノ逮捕の件でローマに出かけており、家にいたのは、兄嫁と家政婦、それに十七歳のナタリアの若い女性三人だけだった。

＊3　一九四三年十一月以降の、ドイツ占領下のローマでのナタリアと子どもたちについては「訳者あとがき」151ページ、著者による言及は「人間関係」119〜120ページを参照されたい。

＊4　一九四〇年六月のイタリアの宣戦布告の直後からトリノは連合国軍の空爆にさらされた。ドイツ軍の侵攻は一九四三年九月以降。

私の仕事

私の仕事[*1]はものを書くことだ。それはつとに、はっきり自覚している。誤解のないように言っておくけれど、自分が書けるものにどれほどの価値があるのか、それについてはまったく分からない。分かっているのは、書くのが私の仕事だということだけである。書き始めると、ありえないほどリラックスして、ありえないほどよく知っている領域を動きまわっている気がする。使い慣れた道具が手のなかにしっくりおさまっている。なにかほかのこと、たとえば外国語を勉強するとか、歴史や地理や速記を覚えるとか、人前で話すとか編み物をするとか旅に出るとか、なにかそんなことでもしようと思った日には、たちまち頭が痛くなり、こういうことをほかの人ならどうやってするのだろうと、そればかりが気にかかる。好い方法があるにちがいない。それをみんなは知っているのに、きっと私はそれを知らないのだ。自分がまるで耳も聞こえず目も見えない人間に思えて、どこか奥の方に吐き気のごときものまでおぼえる。でも、ものを書くときは違う。ほかの人たちがもっと好い方法で書いているかもしれないなどとは絶対に考えない。ほかの人たちがどんな風に書いていようと、まったく気にならない。はっきりさせておきたいのは、私が書けるのは物語だけ、ということだ。評論とか新聞記事などの依頼原稿を書くとなったら、かなり悲惨なことになる。自分の守備範囲を超えたところに、書くべきことを難儀して探しまわらなくてはならない。外国語を勉強したり人前で話したりするよりはまだましかもしれないけれど、似たり寄ったりだ。あちこちから、ちょっと拝借したりくすねたりした言葉で隣人を騙している感触はぬぐいきれない。これはきつい。故郷を追われた人の気分になる。ところが、物語を書いているときは故郷にいる気分になれる。子どものときから知り尽くした道で馴染みの塀や樹木に囲まれた気持ちになれる。私の仕事は物語を書くことだ。創りごとにせよ、それまでの人生の記憶にせよ、ともかく物語である。知識や教養とは無縁の、記憶と空想だけの世界。それを書くのが私の仕事である。これを私は死ぬまで続けるだろう。この仕事がとても気に入っているから、世界のなにものとも交換するつもりはない。これが自分の仕事だと私が悟ったのはずいぶん昔のことだ。五歳から十歳の頃には、まだ確信はなかった。ひょっとしたら絵描きになれるかもしれない、馬に乗っていろいろな国を征服できるかもしれないし、世界をあっと言わせる新しい機械を発明できるかもしれない、そんな空想もちょっとずつしていた。でも、十歳を過ぎたあたりで自分がするべきことの何であるかを悟った。以来その認識は変わることなく、小説と詩に夢中になって自分なりに懸命に取り組んできた。その頃書いた詩は今も手元にある。初めの頃のは下手くそで韻律もめちゃくちゃだけれど、これがけっこうおもしろい。時を経るにつれて前ほど下手ではなくなったものの、反面、しだいにばかげたつまらない詩になり下がった。でも、そのときはそうと分からなかったから、前に書いたぎごちない詩を恥ずかしいと思っていた。あとから書いた、下手くそではないけれどばかげた詩の方が、すごくきれいに感じられた。いつの日か、だれか有名な詩人が私の詩に目をつけて出版してくれる、私について長い記事を書いてくれる、ずうっとそう思っていた。記事の文言と文章を想像して、全文まるごと頭のなかに書き込んでいた。フラッキア賞[*2]を受賞するつもりになっていた。もの書きに授与されるこんな賞があると聞いたからだ。当時、有名な詩人はひとりも知り合いがいなかったから、詩を本にして出版してもらうことはかなわなかった。そこでノートにきれいに清書して冒頭に小さな花の挿絵を描き、目次からなにから全部自分でつけた。詩が、すいすい書けるようになっていた。だいたい一日に一編のペースで書いた。気分がのらないときには、パスコリ[*3]や、ゴッツァーノ[*4]やコラッツィーニの詩を読めばすぐに書けることも分かってきた。思い浮かぶ詩はパスコリ風かゴッツァーノ風かコラッツィーニ風だったけれど、ダヌンツィオ[*5]の存在を知ってからは、最終的にダヌンツィオ風でおさまることが多くなった。でも、死ぬまでずっと詩を書こうと思ったことは一度もない。いずれは小説を書きたいと思っていた。小説はその頃に三つか四つ書いた。タイトルは、ひとつが「ジプシー娘マリオン」、もうひとつが「モリーとドリー」(コミカルな推理もの)、三つ目は「ある女」(ダヌンツィオ風で語りは二人称。夫に捨てられる女の物語で、ほかに、料理人の黒人女性がいたと思う)、あとのひとつは攫われる女の子と馬車のホラーばりのエピソードを織り込んだ込み入った筋立てのすごく長いもので、家でひとりで書いていると怖くなるほどだった。ストーリーはすっかり忘れてしまったけれど、ひとつ大好きなセリフがあって、書いたとたんに涙が込み上げたのを覚えている。「彼は言った、〝ああ、イザベッラが行ってしまう〟」章の最後を締めくくるすごく大事なセリフだった。これを言う男が、イザベッラに実は恋しているのにそうと気づいていない。恋の、自分自身への告白がまだだったのだ。その男がどんな人物だったかぜんぜん覚えていないけれど、赤茶けた口髭をはやしていたように思う。イザベッラについては、青く映える長い黒髪だったことしか記憶にない。はっきり覚えているのは、かなり長いこと、「ああ、イザベッラが行ってしまう」

のセリフを繰り返し独りごちては、そのつど歓喜にぞくぞくしたことだけだ。日刊紙「ラ・スタンパ」の連載小説のこんなセリフも、繰り返し口ずさんだ。「ジロンネの人殺し、あたしのぼうやをどこにやった?」それでも小説には、詩ほどには自信が持てなかった。読み直すたびにいただけない箇所が見つかった。何かが狂って全体を台無しにしているのだが、だからと言ってどこをどう変えればよいのか分からなかった。要するに、現代と昔がごちゃまぜで、時代設定がきちんとできていなかったのだ。修道院と馬車がフランス革命の雰囲気を漂わせ、棍棒を手にした巡査がいるかと思うと、白髪交じりの小柄なご婦人が、カローラ・プロスペリ[6]の小説に出てきそうな猫やミシンと一緒に出現する。馬車や修道院とは、なんともちぐはぐだった。カローラ・プロスペリとヴィクトル・ユゴーと、ニック・カーター[7]の物語の波間を私は揺れ動いていたらしい。自分が何を書きたいのか、いまひとつ把握できていなかった。アニー・ヴィヴァンティ[8]も大好きだった。『食いつくす者たち』で、彼女自身をモデルとする主人公が、ある男に宛ててしたためた「わたくしが身につけているものはこげ茶色でございます」の一文。これも、長いこと、ひとり言で繰り返していた。「ジロンネの人殺し」「イザベッラが行ってしまう」「わたくしが身につけているものはこげ茶色でございます」お気に入りのセリフを昼日中にひとりぼそぼそつぶやくと、とてつもなく幸せな心持ちになったものだ。

詩を書くのはらくだった。自分の詩が大好きだったし、ほぼ完璧なように思えた。自分の詩と、ほんものの詩人が出版するほんものの詩と、いったいどこが違うのか分からなかった。兄たちに読んでもらうと、ふふんとせせら笑って、おまえはギリシャ語の勉強でもしたらどうだなどと言われる理由が理解できなかった。兄たちはたぶん詩というものがよく分かっていないのだと思った。当時は学校に通っていたから、ギリシャ語もラテン語も、数学も歴史も勉強しなくてはならなかった。これはたいそうな苦痛で、故郷を追われた人の気分だった。来る日も来る日も、詩を書いてはノートに清書していて学校の勉強はそっちのけだったから、朝五時に目覚ましをかけていた。でも、目覚ましが鳴っても起きないから目が覚めると七時。勉強している時間はない。身支度をして家を飛び出すのがせいぜいだ。それでいいと思っていたわけではない。いつもすごく気後れしていたし、だらしなさへの後ろめたさもあった。学校では、ラテン語の時間に歴史を、歴史の時間にギリシャ語をさらう。いつもそんなふうだから何も身につかなかった。でも、しかたがない、だって私はこんなにすてきな詩を書いているんだもの、ずいぶん長いことそう思っていた。ところが、あるときふと、もしかするとそんなにすてきじゃないのかもしれない、という疑念が頭をもたげた。とたんに、詩を書くのが鬱陶しくなった。苦労して題材を探すのも億劫になった。詩になりそうな題材がすっかり底をついた気がした。韻律を活かせる語彙も、すべて使い果たしてしまったように思えた。スペランツァとロンタナンツァ（希望と隔たり）、ペンシエーロとミステーロ（思考と神秘）、ヴェントとアルジェント（風とシルバー）、フラグランツァとスペランツァ（芳香と希望）。語るべきものがもうなにも見つからない。これが、私の最悪の日々の始まりだった。もはやなんの歓びも感じさせてくれない言葉をもてあそび、学校のことを考えては羞恥心と罪悪感に苛まれて午後を過ごすようになった。職業の選択を誤ったと思ったことは、一度もなかった。書きたくてたまらないのは前と変わらなかった。ただ、なぜ突如として、来る日も来る日も貧弱な言葉しか出てこなくなり、こんなに味気ない日々になってしまったのか、そのわけが分からなかった。

　私が初めて真剣に書いたのは、短編小説だった。六ページほどの短いものだが、ある夜、まるで奇跡のようにひらめいて一気に書いた。[*9] 書き終えて床についたときには、疲労感に襲われて茫然としていた。本物の作品だと感じた。真剣に取り組んだのはこれがはじめてのことに思えた。詩も、女の子や馬車が出てくる小説も、突然はるかかなたへと遠ざかっていった。単純でおめでたい前世紀の生き物たちは、先史時代のどこかへと永久に姿を消した。今回の短編には、登場人物が存在していた。イザベッラも赤茶けた口髭の男も、あれは登場人物ではなかったのだ。彼らを描いた文章と語句以上には人物への関心はなかったし、その文章や語句ですら、勝手な思いつきで嵌めこんでいただけだった。たまたま手持ちの袋のなかから、まずは髭を、お次は料理人の黒人女性といった具合に、使えそうなものを手あたり次第に引っ張り出していたようなものだった。でも今回はそんなお遊びとは違う。一度決めたらもう変えられない名前を持つ人物を創り出したのだ。彼らの何ひとつ、とちゅうで変更することはできない。だから、人物にまつわるディテールを私は山のように把握していた。物語が始まる日まで彼らが何をしていたかも、物語の展開には必要ないので語りはしないまでも、きちんと承知していた。舞台となる家や橋、川や月のことまでぜんぶ把握していた。十七歳で、ラテン語とギリシャ語と数学で落第点をとったところだった。落第点だとわかったときには大泣きしたけれど、でもこの短編を書いていたので、思ったほどひどく落ち込みはしなかった。書いたのは夏。夏の夜だった。庭に面した窓は開かれ、灯りのまわりを黒っぽい蛾が飛び交っていた。物語を、私は升目のノートに書いた。アイディアも言葉も次から次へと湧き上がってきて、それまで味わったことのない幸福感に満たされた。名前は、男がマウリツィオ、女がアンナ、子どもはヴィッリ。橋も月も川もあった。いずれも私が具体的なイメージを持つものだ。男と女は、好い人でも悪い人でもない。コミカルで、ちょっと哀れっぽい。本のなかの人物は、いつでもこんなふうに滑稽さとペーソスを同時に備えているのがよい、それを発見した気がした。どこをとってもよくできた物語に思えた。欠陥はひとつもない。すべてがテンポよく、絶妙のタイミングで運んでいる。この調子でいけば、短編小説ならいくらでも書ける、そう思った。

実際、ある程度の数の短編を、一か月ないし二か月に一編のペースで書いた。かなり出来のよいものもあれば、そうでもないものもあった。本気で書くといかに疲れるかということも身に染みた。疲れないとしたら、うまく書けていない証拠だ。真剣に取り組む作品なら、涼しい顔でぷらぷらしながら、片一方の手だけで書けるはずはない。そんな楽をしてうまくいくわけがない。渾身の作品を書こうとしたら、そのなかに倒れ込んで目のあたりまでどっぷり溺れるはずだ。そのとき書き手が、なにか強い感情にかられて心おだやかでない状態にあるとしよう。理由はなんでもよいのだが、書いていることとはなんの関わりもないいわば日常的な理由で、ものすごく幸せか、あるいはものすごく不幸であるとしよう。そのときに、もしも命をかけた渾身の作品を書いているのであれば、幸せも不幸せも、日常の感情はことごとく息をひそめて眠りにつくはずだ。現実のかけがえのない幸せや不幸が、そのままそっと生き続けてくれるだろうなどと期待してはならない。書いているときは、幸せであれ不幸であれ、現実ははるかかなたへと姿を消す。書き手は自分の原稿とふたりっきりなのだ。幸せであれ不幸であれ、書いていることと緊密に結びついたものでないかぎり、書き手のうちに生き続けることはありえない。書いているのと異なる別の感情は持ちえないし、それに気をとられることもありえない。もしもそうでないとしたら、何の値打ちもない作品を書いている証拠である。

こうして、私はある期間、短い小説に入れ込んだ。六年ほど続いたろうか。登場人物の存在を発見してからというもの、登場人物をひとり手に入れれば、それで短編がひとつ書けそうな気がした。そこで、常に登場人物探しを心がけるようになった。トラムに乗っても通りを歩いても、人びとを観察した。物語にうまくおさまりそうな顔に出会うと、顔のまわりにその人の心の綾を織り込んで短いストーリーをこしらえた。人物の服装とか顔立ちを細かく観察し、家の内部やさまざまな場所についての情報集めも始めた。初めて入った部屋では、頭のなかで描写を試み、物語に効果的にはまりそうなものを、すみずみまで探した。手帳を携えて、物語のなかに盛り込めそうなエピソードや、ちょっとした比喩として使えそうなものを、こまごまとメモして歩いた。手帳のメモは、たとえばこんな具合である。「彼はバスローブのベルトを長いしっぽみたいにひきずって浴室から出てきた」「〝このうちのトイレ、くさいね〟と女の子が彼に言った。〝トイレに行くと、あたし、息をとめるの〟と情けなさそうに付け足した」「ブドウの粒々みたいな縮れ毛」「ぐしゃぐしゃのベッドの上の赤と黒の毛布」「皮をむいたじゃがいもみたいに蒼白な顔」などなど。しかしけっきょくのところ、いざ作品を書く段になると、こうした文言はそう簡単には使えるものではないことが判明した。手帳は、凝固してミイラと化した、どれもおよそ使いものにならないフレーズの博物館となり果てていた。赤と黒の毛布を、ブドウの粒々みたいな縮れ毛を、物語のどこかにつっこもうと何度も何度も試みたけれど、どうしてもうまくいかなかった。手帳はけっきょく、何の役にも立たずに終わった。この仕事に貯金はありえないと、そのとき悟った。たとえばだれかが「このディテールは捨てがたい。でも、今書いている作品にはすでに、好いのをたくさん織り込んだからここに入れるのはもったいない。次の短編用にとっておこう」と考えたとする。こうなったらもう、そのディテールは彼の内で結晶と化し、凝固する運命をたどる。もはや使いものにはならない。物語を書くにあたっては、それまでの人生で目にし収集してきた持てるものの精華をすべて、迷わず投入することが肝心だ。ディテールは使わないまま長いこと持ち歩いていると、どんどん摩滅する一方だ。ディテールだけではない。思いついたアイディアからなにから、すぐにその場で使わないと、何であれ同じようにすり減っていく。うまく見つかった登場人物やディテールに気を好くして短編小説を書いていたちょうどその頃、道で一台の荷車とすれちがったことがある。荷車には、金縁の大きな鏡が一枚載っていた。鏡は、青緑に染まった黄昏の空を映し出している。思わず立ち止まって、それが通り過ぎていくのを私は見守った。至福の瞬間だった。なにか重大なことが起こっている、と感じた。そのときは鏡に出会う前からとても幸せだったので、金色の額縁におさまって青緑色にきらきら輝きながら通り過ぎていくその鏡が、私の胸のうちにある幸福感そのもののイメージにぴったり重なり合ったのだ。その後かなりのあいだ、この鏡を物語のどれかに挿入しようと目論んでいた。かなりのあいだ、鏡を載せた荷車の記憶が、私の執筆意欲を刺激した。しかしけっきょく、鏡は、どこにもうまく押し込むことができなかった。そしてあるときふと、私のなかで、鏡はとっくに死んでいたのに気がついた。それでもやっぱり、あの鏡には、すごく重大な意味があったのだ。短い物語を書いていたあの頃の私は、暗くてぱっとしない人やものにこだわり、輝きとは無縁の、卑しむべき地味な現実ばかりを探し求めていた。細かいディテールをほじくり出そうとする当時の嗜好には、私の、いわば悪意にも似たなにかが潜んでいた。ささいなこと、蚤みたいにちっぽけなものに向ける、貪欲でさもしい好奇心とでもいうべきものだ。ゴシップを求めて、私はしつこく蚤探しをしていたのだ。荷車に載せられた鏡は、それとは異質の、新たな可能性を私に開いてくれた。もっときらきら輝く現実を見つめる力、重箱の隅をつつくような描写もずるくて嫌味な思いつきも必要としない、もっと幸せな現実、堂々と輝きを放つ現実、それを観察する力を、きっと私に与えてくれたのだ。

あの頃書いていた短い物語には、心の奥底で私が蔑む人物を登場させていた。登場人物はペーソスがあってコミカルであるべきだとの発見をして以来、おかしみとみじめったらしさの味を出したいばかりに、登場人物を、輝きとは縁遠くて取るに足らない、私自身は好きになれないタイプの人物にしたてあげていた。私が創り出した人物には決まって、チック症やら奇妙な癖やら、身体的欠陥ともいうべきいささか奇怪な特徴があった。腕を骨折して黒の包帯を首から吊るしていたり、ものもらいがあったり、どもったり、喋りながらお尻を掻いたり、ちょっと足を引きずったりする習性があった。登場人物の特色は、どんなことをしてでも際立たせなくてはならないといつも思いこんでいた。そうしないと、人物像がぼやけそうだし、彼らの人間性が摑み取れないままに終わりそうで不安だったのだ。彼らに人間性なんてあるのかと、実は無意識に疑っていたのだけれど。それでは彼らがもはや登場人物ではなくて操り人形でしかないこと、かなりよくできていてほんものの人間にそっくりだけれど、それでもやっぱり操り人形だということを、あの頃の私は理解していなかった――それが荷車の鏡と出会った瞬間に、漠然とではあったけれど、分かりかけてきたのだ――。人物を創り出すと、個性を際立たせるのを急ぐあまり、奇怪な特徴を強調する。そこにはある種の意地の悪さが潜んでいる。あの頃の私には、現実に対する、悪意のこもった恨みみたいなものがあった。当時の私は幸せな少女だったから、具体的な何かに対する恨みではない。むしろ、無邪気さへの反動として生まれる心情に似ている。何ごとにつけバカにされたと思いこむ単細胞人間の、あるいは、まわりがみんな泥棒に見える都会に来たばかり農民の防衛本能にも似た、あの一種独特な恨みがましさみたいなものである。最初のうちは悪意をもって人物を創るのが誇らしかった。かつての詩に目立ちすぎていたおめでたさとか思春期の捨て鉢な感傷に対する、アイロニーの大勝利のように思えたからだ。アイロニーと悪意、これこそ私が手に入れたなにものにも勝る強力な武器であり、男のように書くのにもってこいだと思った。その頃、私は男みたいに書きたくてたまらなかった。書くものから私が女だと分かってしまうのは嫌だった。私自身とはできるだけ遠くかけ離れた存在であるように、登場人物は、男性を多くした。

書いた作品を見直して、短編小説としての完成度を高めるのもかなりうまくなった。無駄なものはばっさりカットして、ディテールと会話をバランスよく配置した。引っかからずにすらすら読める流れのよさで失敗のない、ドライで、明快な短編を仕上げていった。ところがあるとき、スランプに陥った。道で行き交う人の顔になんの興味も湧かないのだ。ものもらいで瞼の腫れた人も、帽子のつばを後ろにまわした人も、シャツの代わりにマフラーを羽織った人も、もうどうでもよい。ものや人を観察するのも頭のなかで描写するのも、うんざりだった。世界が私に何も語らなくなった。世界を描くための言葉も見つからない。あれほど歓びをもたらしてくれた言葉たちを見失ったのだ。私の持てるものは、もはや何もない。あの鏡を思い出そうとした。しかし、あの鏡までが、私のなかで死に絶えていた。私が胸のうちに抱えこんでいたのはミイラ化したものたちだった。無表情な顔、灰塵でしかない言葉、響きを失った風物、声と動作。それらの死骸が心のなかで、ずっしりと重たい荷物になっていた。そうこうするうちに、子どもが生まれた。子どもがまだとても小さくて子育て初心者の私には、この子たちがいて、どうやって小説が書けるのか見当もつかなかった。物語の人物を追いかけるためにこの子たちをほっぽりだすなんてとんでもない。仕事なんかどうでもよいと思おうとした。それでも焦がれるほどに恋しくて、故郷を追われた寂しさに見舞われることもあったけれど、育児に専念しよう、くだらない仕事なんかやっている場合ではないと、必死で自分に言い聞かせた。そうするのが当然だと信じていた。米や大麦のペーストを作り、子どもたちを散歩に連れ出すにあたって、天気の良し悪しと風のあるなしに気を配った。子どもこそ、かけがえのない、何にも増して大事なものに思えた。くだらない物語やミイラ化したつまらない登場人物の犠牲になんかしてよいわけがない。それでも、身を引き裂かれるほどに恋しくて、私の仕事がどれほどすばらしいものであるかを思い出しては、泣きたくなる夜もあった。そのうちいつか、きっとまた始めるだろうと思ってはいたけれど、それがいつのことなのか、先はまったく読めなかった。子どもが大人になってひとり立ちするまでは待たなくてはならないと思っていた。あの頃は、子どもに対する感情をまだうまくコントロールできずにいたのだ。やがて、気持ちの制御法を少しずつ身につけた。大した時間もかけずにできるようになった。トマトソースやセモリナ粉のパスタ入りスープは前と同じように作っていたけれど、作りながら同時に何を書くか考えた。その当時私たちは、南のとてもすてきな村[*10]で暮らしていた。故郷の通りや丘の記憶をたどるうちに、それが当時住んでいたその村の丘や原っぱと重なりあって一体化し、新たな自然の風景を生み出していった。これもまた、どこかしら愛おしさを覚える景観だった。故郷が恋しかった。記憶をたどっては愛を募らせた。そうするうちに、故郷というものの意味が分かってきた。故郷で暮らしていたときにはおそらく一度も抱いたことのない愛情が湧いてきた。当時住んでいた村も私は愛していた。南の太陽に白くかがやく埃っぽい村で、部屋の窓の下には干からびてゴワゴワした原っぱが広がっていた。故郷のプラタナスの並木道と高層住宅の記憶が胸の内で音を立てて吹きすさび、やがて、これらすべてが私の内で陽気に燃え盛りはじめたのだ。書きたくて書きたくて、いてもたってもいられなかった。長い物語[*11]を書いた。それまでに書いたなかでいちばん長かった。ずいぶん久しぶりだったので、初めての作品に取り組むつもりで書き始めた。言葉は洗いたてのように新鮮だった。何もかもが初めて接するもののようでどこにも手垢はついていなかった。あらゆるものが味わいと香りで満たされていた。子どもたちが村の娘に連れられて散歩に出かける午後が、私の執筆時間だった。むさぼるように書いた。たのしかった。すばらしい秋だった。毎日が幸せの極みだった。物語のなかに、架空の人物を少し、村に実在する人物を少し登場させた。おまじないとかこの土地ならではの言い回しなど、以前には聞いたこともなかった村の日常的な言葉も自然に湧き上がってきた。初めて使う地元の言葉たちが膨れ上がり、発酵して、馴染みの言葉たちにまで生気を吹き込んだ。主人公は女性だけれど、私自身とは似ても似つかない人物である。そのときにはもう、男のように書きたいとはそれほど思わなくなっていた。子どもも生まれたし、トマトソースにも詳しくなったという自負があった。小説には書かなくても、知っているだけで仕事にはプラスになる。どんなからくりでなのか、どこか遠くの方からトマトソースも仕事の役に立ってくれていた。子どもについて、女性は男性が絶対に知りえないことが分かると思った。物語がどこかへ逃げて行ってしまうのを恐れるかのように、私は猛スピードで書いた。私は長編小説と呼んでいたけれど、たぶん長編ではない。ちなみに今にいたるまでずっと、私は短めの作品をせかせかと書いてきている。このせっかちの理由まで、あるときふと分かった気がした。私には、歳のかなり離れた兄たちがいる。小さい頃、食卓で口を開くと決まって、黙れ、と言われた。だから私は、何でも大急ぎで言うようになった。大人たちが勝手なお喋りをまた始めて私の言うことを聞いてくれなくなるのがいやだったから、いつでも最小限の語彙だけを使って早口で喋る癖がついた。いささか説得力に欠ける説明と思われるかもしれないけれど、でも、まさにこのとおりなのだ。

先に述べたとおり、自分で長編と呼ぶものを書いていたのは、私がものすごく幸せな時代だった。人生の重大事件は何ひとつ起こっていなかった。病気も裏切りも孤独も死も、知らずにいた。些細なことを別にすれば、人生において崩落したものは何もなかったし、心のなかの大切なものが引きちぎられたこともなかった。悩みといったら、思春期ならではの憂鬱と、作品が書けなくなったスランプくらいのものだ。あの頃私は、完璧なくつろぎのなかにあって幸せだった。怖いものもなければ不安もない。世界の幸福と堅固な安寧を全面的に信じていた。幸せなときは、普段より冷徹になるものだ。頭が冴えて、自分が置かれた現実を、距離を置いて眺めようとする。幸せなときには自分とかけ離れた登場人物を創り出し、自分とは縁もゆかりもない彼らの姿を、凍りつく光に照らして凝視しようとする。内なる想像力と創作意欲が活発に働いていれば、報われて満ち足りた自らの心からそらした視線を自分とは縁のない存在に無慈悲にそそぎ、呑気で残酷で、傲慢で悪意のある判断を容赦なく下す。登場人物として、私たち自身とは根本的に異質な人物を、何人でもいとも簡単に創り出すことができる。明るく冷たい光にあてて乾燥させたかのような物語を、しっかりした構築のうちに創り出すことができる。涙も不安も恐怖もなく、またとない幸せに浸っているときの私たちに欠如しているのは、自ら語る登場人物、場所、事物たちとのあいだの、やさしさのこもった親密な関係である。そんなときの私たちには、慈愛の精神が欠けている。ちょっと見では、幸せなときの方が、私たちははるかに寛大で、他者にかたときも休まぬ関心を向け、他者への気配りを惜しまない力を発揮し続けるように思える。私たち自身が困っているわけではないから、自分のことには大してかまう必要もない。しかし、そんなふうに他者に関心を向けるのでは、優しさがあまりにも欠けている。これでは他者の人格の、ごく表面的な、ほんのわずかな側面しかとらえていない。私たちが見ているのは、他者の一次元の世界でしかない。秘密も見ていなければ影も見ていない。私たちの与《あずか》り知らない苦悩がきっとあるだろうと、想像することはできる。私たちの武器である想像力を目いっぱい働かせれば、彼らの苦悩を創り出すこともできる。しかしながら私たちはそれを、私たちのものではない、私たちのうちに根を張ることのないものが放つ、あの、凍りついた不毛な光の中でしか見ることができないのだ。

私たちの個人的な幸せと不幸せ、私たちが置かれた「この世での」状況は、私たちが書くものにとって、きわめて重要な意味を持っている。先に私は、ものを書くときにはだれでも、まるで奇跡でも起こったかのように、現実の生活の感情を黙殺する方向へと駆り立てられるものだと言った。まさにそのとおりである。しかしながら、書き方は、幸せであるか不幸せであるかによって大きく変わってくる。幸せなときには、想像力がより大きな力を持つ。一方、不幸なときに活発になるのは記憶である。苦悩は想像力を弱め不活発にする。働くことは働くが、いかにも気が乗らないといわんばかりで無気力そのものなのだ。想像力は病人のように弱々しい動きで、熱っぽくて痛みのあるくたびれた手足を、かばいながら動かしているにすぎない。不幸なときに、自らの生活、心、渇き、浸み込んだ不安から目をそらすのは難しい。過去の記憶が次から次へと浮かびあがってきて私たち自身の声が反響を繰り返すので、それを黙らせることができないのだ。そんなときにこそ、もしも私たちの想像力が衰弱しながらもどうにか働いていれば創れる登場人物と私たちとの間に、母親のようなやさしさのこもった、またとない関係が生まれるのだ。それは、血のつながりから生まれる息づまるような親密さを備えた、温もりのある涙にぬれた関係である。私たちは、世界のあらゆる存在とあらゆる事物のうちに、痛みを伴う深い根を張っている。こだまと慄《おのの》きと影ばかりがびっしり詰まったこの世界に私たちを繋ぎとめているのは、献身的でひたむきな憐れみの心なのだ。となると、私たちが冒しかねない危険は、闇のなかで淀んだ沼に足を取られ、私たちの想像力が創り出したものたちまで生ぬるい真っ暗な渦のなかに一緒に引きずり込んで、ネズミの死骸や腐った花と一緒に溺死させてしまうことである。私たちが書くものについて言うならば、幸せのなかと同様、苦悩のなかにも危険は潜んでいる。詩の美しさとは、残酷・傲慢・皮肉と血縁のやさしさ、想像力と記憶、明瞭と曖昧、これらすべてが渾然一体となったものなのだ。したがって、これらすべてをひっくるめて摑みとることができないとしたら、私たちの作品は、貧しくてはかなくて、生気を欠いたものとなってしまう。

心に留めておくべきは、書くことによって悲しみが癒されたり慰められたりするのは、まず期待できないということだ。自分の仕事に愛撫してもらおうとか、あやしてもらおうといった幻想を抱いてはならない。私の人生には、だれもいなくてわびしい、果てしなく長い日曜日が何度もあった。そんな日曜日には、書きものでもして文章と言葉に遊んでもらい、おだててもらって孤独と退屈を紛らしたいと激しく望んだ。それなのにどうしても、一行すら書くことができなかった。そういうときには決まって仕事の方が私を拒絶した。私を無視しようとした。この仕事はどうみても、慰めでもなければ気晴らしでもない。仲間ではない。むしろ親方さまである。血が滲み出るまで私たちを鞭で叩きのめし、怒鳴るのも責め立てるのもなんとも思わない親方なのだ。私たちは唾と涙を飲みこんで歯を食いしばり、傷からあふれる血を拭いながらお仕えするしかない。お仕えするのは、彼の方からリクエストを出してくるときがよい。そうすれば、私たちがしっかり地に足をつけて立ち、ばかげた考えや迷妄や、絶望や熱狂を克服できるように手を貸してくれることもある。しかし、指図するのは彼の方だ。私たちの方から用があっても、こちらの呼びかけに耳を貸してくれることはまずない。

南で過ごしたあの年月のあと、私は苦悩の何であるかを身に染みて思い知らされた。決して癒されることのない、立ち直ることのできない、ほんものの苦しみだった。私の人生のなにもかもずたずたに引き裂いた。なんとか元どおりに立て直そうと試みたとき、私も私の人生も、以前の跡形すら残さない、見る影もないものに変わり果てているのを見せつけられた。変わらずにいてくれたのは私の仕事だった。しかしその彼とても、変わらなかったと言えば大嘘になる。道具は同じだったけれど、私の道具の使い方が前と同じではなかった。彼をとりあえずは憎んだ。虫唾が走った。それでも、そのうちきっとまた私が彼に仕え、彼が私を助けてくれるのだろうということは、よく分かっていた。そうこうするうちに、けっきょく、私は人生において、そんなに不幸だったわけではない、ときどきそう考えるようになった。運命が私に差し向けてくれた慈愛もある。それすらもことごとく否定して運命を呪うのはお門違いだ。運命は、私に三人の子どもと、この仕事を授けてくれたのだから。そもそも、この仕事のない私の人生など、想像もつかない。これまで、いつでもそばにいてくれた。ほんの一瞬たりとも、私を置き去りにしたことはない。眠っているのかと思ったときですら、目をきらきらさせながら、注意深く私を見守ってくれていた。

これが私の仕事である。ご存じの通り、お金にはあまりならない。それどころか、生活のためには並行してもうひとつ、なにか別の仕事をしなくてはならないのが常だ。それでも、ときには若干の稼ぎになることもある。この仕事のおかげでお金がもらえると、愛する人の手からお金と贈り物を同時にもらうみたいで、ものすごく嬉しい。これが私の仕事である。私の仕事がこれまでに積み上げた、そしてこれからも積むであろう成果の値打ちがどれほどのものか、それについては、繰り返しになるけれど、私にはよく分からない。すでに世に出たものについての相対的な評価は知っているのだから、むしろ、絶対的な評価は分からない、と言うべきかもしれない。何かを書いているときにはたいてい、すごく価値のあるものを書いている、自分は大作家なんだ、と思っている。だれでもきっとそうだと思う。それでも、私の心のなかには、自分がなんであるか、すなわち、ちっぽけな小物の作家であることを、つねに変わることなく、すごくよく理解している一隅がある。誓って言うけれど、私は自分が小物の作家だというのは分かっている。それはあまり気にならない。ただ、具体的な名前は考えたくない。「たとえばだれみたいな小物作家？」と、ほかの小物作家の名前を考えると気持ちが落ち込む。ちっぽけさに関して言えば、私が蚤ないし蚊だとして、私ほど小物の作家はこれまでひとりもいない、そう考えることにしている。それはさておいて、大事なのは、これがまさしく仕事であり、職業[*12]であり、生涯ずっと携わるものだという信念を持つことだ。仕事であって、お遊びではない。ほかにも危険はごまんと潜んでいる。原稿用紙を広げるそのたびに、私たちは大きな危険に絶えず脅かされている。浮気したくなってみたり、歌う調子になってみたり。私はいつでも、やたら歌いたくなる癖がある。それを控えるよう、十二分に注意しなくてはならない。また、前から自分のものとして持っていたのではない、どこかでたまたま拾った言葉を失敬して済ませようとする危険がある。私たちはけっこう抜け目なくなっているから、言葉を上手に組み合わせてしまうのだ。そんなズルをしてごまかす危険がある。ご覧のとおり、けっこう難しい手合いなのだけれど、でも、世界一すてきな仕事である。私たちの人生の日々と出来ごと、私たちが見聞きするほかの人たちの人生の日々と出来ごと、読書や映像、思考や会話、そういったものすべてを滋養として、彼は私たちのなかで育っていく。ぞっとするようなことでも栄養源にしてしまうやつなのだ。私たちの人生の最もおいしいものも、最もまずいものも、なんでも食べる。私たちの邪悪な感情も、善意の感情と同じように彼の血のなかを巡る。彼は私たちから栄養をとり、私たちのなかで成長していくのだ。

訳注

＊1 原語 mestiere には「仕事」よりもむしろ「職業」のニュアンスが強い。しかし、著者が少女時代から好きで関わったものであり、社会的なものとしてより日常生活のなかのものとして語られているところから、「職業」ではなく「仕事」の訳語をあてた。

＊2 ウンベルト・フラッキア（一八八九〜一九三〇）。作家、詩人。一九二五年創刊の文芸新聞「フィエーラ・レッテラリア」（主幹）が創設した文学賞。

＊3 ジョヴァンニ・パスコリ（一八五五〜一九一二）。自然の風物や記憶を平易な言葉で表現。詩の言語を改革し、イタリア現代詩の誕生に寄与した詩人。

＊4 グイド・ゴッツァーノ（一八八三〜一九一六）、セルジョ・コラッツィーニ（一八八六〜一九〇七）は、ともに憂いを平易な言葉で詩に託すパスコリの流れを引く黄昏派の詩人。

＊5 ガブリエーレ・ダヌンツィオ（一八六三〜一九三八）。パスコリとともにイタリア現代詩の確立に大きな役割を果たし、次第に耽美派の詩人・作家として名を上げた。彼の詩劇『イォリオの娘』はナタリアが子どもの頃、父を除く家族全員が家で暗誦していた。

＊6 カローラ・プロスペリ（一八八三〜一九八一）。トリノの女性作家。

＊7 ニック・カーター　一八八六年来、アメリカで書き継がれてきた架空の探偵・スパイ。

＊8 アニー・ヴィヴァンティ（一八六六〜一九四二）。ロンドン生まれの詩人、作家。代表作『飽くことを知らぬ者たち』（*I divoratori*　一九一〇年英語版、一九一一年イタリア語版）は才能豊かな子どもの犠牲となる母親を主人

公とする自伝的小説。ナタリアお気に入りの一文は母親の地味な服装を示唆している。

＊9 短編「留守」（Un'assenza）。兄たちの友人であったレオーネ・ギンズブルグがこの短編を高く評価し、フィレンツェの文芸誌「ソラリア」に投稿したがこのときはなぜか却下された。レオーネが再び別の短編「子どもたち」（I bambini）を同誌に送ると、これが一九三四年六月号にナタリア・レーヴィの名前で掲載された。十七歳のときである。「子どもたち」は、イタリアで刊行された全集にも永らく収められていなかったが、著者の生誕百年を記念して二〇一六年にエイナウディ社から刊行された『留守――短編、記憶、コラム　一九三三～八八』（*Un'assenza. Racconti, memorie, cronache* 1933-1988）に、掲載された。「留守」など四編はすでにギンズブルグ全集に収められていたが、これで十代のナタリアが書いたその他の短編もイタリア語で読めることになった（「子どもたち」の英訳は二〇一一年に刊行されていた）。

＊10 ピッツォリ村（16ページ「アブルッツォの冬」訳注2参照）。地理的にはイタリア半島の中部だが「南の村」とされるのは行政上の区分で南部に含まれるため。またナタリアの故郷トリノから見れば確かに「南」である。

＊11 『町へゆく道』（*La strada che va in città*）。初めての本格的な長編（中編）小説。このタイトルをつけたのは夫レオーネだった。人種法施行下にあってユダヤ系であることを隠すため、アレッサンドラ・トルニンパルテの偽名で発表した。アレッサンドラはナタリアの戸籍上の正式名ナタリア・アレッサンドラ・マルゲリータ・レーヴィからとった、レオーネもお気に入りの名前。翌年ピッツォリで生まれる娘にもこの名をつける。トルニンパルテはピッツォリの隣村の駅名で荷物の集配所があった。

＊12 原語は professione。

沈黙

『ペレアスとメリザンド』を聴いた。音楽は、私はまったく分からない。ただ、古めかしいオペラ台本の台詞と『ペレアスとメリザンド』の台詞をなんとなく比較してみた。昔の台本は「わが血をもって償う」だの「そなたのうちに置き据えた愛」だの、おどろおどろしくて血なまぐさくて重苦しい。『ペレアスとメリザンド』の台詞は「寒いわ」とか「きみの髪の毛が」とか、水が流れるようにさらさらしている。[*1] おどろおどろしくて血なまぐさい言葉にうんざりしたから、水のように流れ去る、こんな淡々とした台詞が生まれたのだろう。

この『ペレアスとメリザンド』こそ、沈黙の発端だったのではないか、と私は考えた。

昨今の、もっとも不可解で重大な悪徳のひとつに、沈黙がある。私を含め、この時代に小説を書こうとする者は、登場人物同士に会話をさせようとして突きあたる、どうにもうまくいかないもどかしさを、身をもって味わっている。私たちの登場人物は何ページにもわたって、どうでもよいような、それでいてすさんだわびしさ満載の台詞を交わす。「寒い?」「ううん、寒くない」。「お茶、すこしどお?」「ううん、いらない」。「疲れた?」「さあ。うん、ちょっと疲れたかな」。これが私たちの登場人物の会話である。こんなふうに話すのは、沈黙の間《ま》を持たせるためであり、どうやって会話をしたらよいのか分からないからなのだ。そしてドキッとする告白とともに、より重大な事態が少しずつ浮上する。「あの人を殺したの？」「ええ、殺したわ」。沈黙からもがくように身を引き離して浮きあがってくるのは、今の時代ならではの、ごくわずかなひからびた言葉でしかない。まるで難破船の生き残りが発する信号か、はたまたはるかかなたの丘に灯されたかがり火にも似た、打ちひしがれてか細い呼び声でしかない。距離を越えてこちらまで届かないうちに、空間に飲み込まれてしまうのだ。

そこでどうするか。登場人物同士に会話をしてほしいときには、私たち自身のうちに少しずつ沈澱して濃度を増した沈黙の深さを測定してみる。子どもの頃食卓で、相も変わらずおどろおどろしくて大げさな古めかしい言葉で語りかける両親を前にするうち、私たちは沈黙することを覚えた。私たちは押し黙っていた。抗議と軽蔑の意思表示として、だんまりを決め込んだ。大仰な言葉が私たちにはもう通用しないのを分かってもらいたくて、沈黙を貫いた。私たちには別の言葉の蓄えがあった。私たちの新しい言葉に全幅の信頼をおいていたから、黙りこくっていた。新しい言葉はいずれ、それを理解してくれる人と話すときに使うつもりでいた。沈黙は私たちの豊かな蓄えの証だった。そんな蓄えがあったことを今では恥じているし、うろたえてもいる。沈黙がいかに惨めなものか今はよく分かっている。私たちが沈黙から解放されることは、もう二度とない。親たちの時代がかった大げさな言葉は、もう流通していない貨幣みたいなものだからだれも受け取らない。では、新しい言葉はどうかと言えば、値打ちがないから何も買えない。水っぽくて冷え冷えとして不毛で、人間関係を築くためのなんの役にも立たない。本を書くのにも、大切な人との絆を維持するのにも、友人を助けるのにも、まったく用をなさない。それに私たちは気づいたのだ。

私たちの時代の悪徳のひとつに罪悪感があるとは、よく言われることだ。罪悪感については、多くのことが取り沙汰されている。だれもが罪の意識に苛まれており、日を追うごとにますます罪悪感の汚染がすすむ状況に巻き込まれていると感じている。強い不安感《パニック》も話題になる。これにもまただれもが悩まされている。不安は罪悪感から生まれる。そして、罪の意識に怯える人は沈黙する。

罪悪感、不安感、そして沈黙。だれもがそこから、それぞれのやり方で抜け出そうとする。ある者は旅に出る。初めての国を見たい、知らない人に出会いたい、そんな渇望に後押しされてのことだ。旅に出れば、鬱陶しい亡霊みたいな自分の影を置き去りにすることができるかもしれない。この世界のどこかで、会話ができる相手に出会えるかもしれない。そんな期待もひそかに抱いている。自分の鬱陶しい影を忘れてだれかと話をするために酒を飲む人もいる。それでいて、「会話をしないで済むため」ならばと人がやってみることもまた、枚挙にいとまがない。夜な夜などこかの映画館で眠って過ごす人もいる。これなら隣に女性がいても、話す義務があるとは見なされない。ブリッジを覚える人もいれば、愛の行為にふける人もいる。言葉はなくても愛は交わせるから。こうしたことはよく「時間つぶしのため」にすると言われるけれど、実は、沈黙をごまかすためにしているのだ。

沈黙には種類がふたつある。自らに対する沈黙と、他者に対する沈黙である。いずれの形をとっていようと、耐え難いものであることに変わりはない。自らに対する沈黙の発端にあるのは、自分の存在そのものに対する激しい嫌悪感である。あまりにも卑しくて何も話しかけるに値しない自らの心に対する侮蔑、と言ってもよいだろう。他者への沈黙を破りたければ、まず自分自身への沈黙を打破しなくてはならないのは明らかだ。己の人格を憎悪する権利も、自らの心に思いを打ち明けずにおく権利も、私たちに少しもないのは明らかだ。

沈黙から解放される方法として最も一般的なのは、カウンセリングを受けに行くことである。報酬をとって耳を傾けるプロに、自分のことを立て続けに喋りまくる。自らの沈黙の根っこを洗いざらいさらけ出す。たしかにそれは、いっときの安らぎにはなるかもしれない。しかし、沈黙はあまねく流布しており、その根は深い。報酬をとって話を聞いた人の部屋を一歩外に出れば、そこにはまたしても沈黙がある。あっという間に元の木阿弥だ。せっかくの一時間の安らぎも、薄っぺらでつまらないものに思えてくる。沈黙は世界に蔓延している。だれかひとりの沈黙病が一時間だけ快癒したところで、それが共通の問題を解決することにはならない。

カウンセリングに行くと、自分の人格をあまり憎悪するのはおやめなさい、と言われる。自己嫌悪をとっぱらい、罪悪感や不安感、沈黙から解放されたいのなら、本能に身を任せ、ほんとうにやりたいことだけをやって自然体で生きること、人生を、シンプルな選択に任せることですと言われる。しかし、人生をシンプルに選択すると言ったところで、自然に任せて生きることにはならない。むしろ、自然に逆らって生きることになるはずだ。人間には、すべてを選択することが許されているわけではない。生まれるタイミングは自分で選んだわけではないし、顔も親も、幼少期の生活も選ぶことはできない。死ぬ時期も、普通は選べない。自分の顔を受け入れるしかないのは、運命を受け入れざるをえないのと同じだ。人間に許されているのは、善と悪の、正義と不正の、真実と嘘の選択だけである。カウンセラーは、人生で私たちが唯一選択を許されているこうした道義的責任を考慮に入れていないから、彼らの言うことは当てにならない。カウンセリングに行ったことのある人は、ほんとうにやりたいことだけをやって生きることがあたかも可能であるかのような、かりそめの自由の充満するあの空気が、いかに空疎でわざとらしく、けっきょく吸い込めるものではないことを、いやというほど思い知らされる。

私たちの時代を毒する沈黙というこの悪徳は、「会話の楽しみが失われたため」とか、深く吟味したわけでもない薄っぺらなひと言でたいてい片付けられる。現実に起こっている悲劇を語るのに、なんとありきたりで安っぽい言い回しであることか。「会話の楽しみ」などと言ったところで、私たちが生きるためのなんの助けにもならない。必要なのはむしろ、人間が互いに自由で正常な関係を築くチャンスである。これが私たちには明らかに欠けており、その症状は重い。あるべき人間関係が欠落していることを意識するあまり、自ら命を絶つ人までいるほどだ。沈黙は、犠牲者を日々刈り取っている。沈黙は、死に至る病なのだ。

人間ひとりひとりの運命が、今日ほど緊密に連結した時代は、これまでに例がない。ひとりが不幸になるとみんなが不幸になる。そこで、次のような珍現象が起こる。それぞれが他人の運命に緊密に繋ぎとめられているから、ひとりの破滅がほかの何千人をも巻き込む。それなのに、だれもが沈黙に気おされて声を詰まらせているから、率直な言葉をなにひとつ交わすことができない。その結果、ひとりの惨事が万人の惨事となる。沈黙から脱却するためのなんらかの手段が示されたところで、それが伝わらないのだから手段は存在しないも同然だということが判明する。こんな絶望的な状況から身を守るには、エゴイズムを決め込むにかぎると推奨される。しかしエゴイズムが絶望を解決したためしは、いまだかつて一度もない。私たちは、精神の悪癖を「病気」呼ばわりすることに慣れすぎてしまった。じっと耐え、言いなりになり、あるいは甘いシロップで宥めすかして病気であるかのごとくに治療する。沈黙は、モラルの観点からじっくり考察したうえで判定をくだすべきものである。幸福と不幸の選択は私たちに許されてはいないけれど、「悪魔にとり憑かれたかと思えるほど」に不幸にはならない道を選ぶことは「必須である」。沈黙は「悪魔にとり憑かれた」かの、奇怪で出口のない不幸にすら変貌しかねない。若さを萎《しお》れさせ、生活を苦いものにしかねない。先に述べたとおり、死に至らしめることすらあるのだから。

沈黙は、モラルの観点からじっくり考察して判定すべきものである。沈黙は、無気力や肉欲と同じように罪なのだ。沈黙は今の時代を生きる私たち全員が染まった悪徳であり、健康を損ねたこの時代の苦い結実である。こうした現実がある以上、沈黙の本性を認識し、病気呼ばわりせずに本来の名前で呼ぶのは私たちの義務である。それをないがしろにすることは許されない。

訳注

＊1 一九〇二年ドビュッシーが作曲したオペラ『ペレアスとメリザンド』の台本は、M・メーテルランク（一八六二～一九四九）による原作をほぼそのまま踏襲している。引用された「きみの髪の毛が」は第三幕第一場（原作では同第二場）で、城の塔の窓から振り降りるメリザンドの豊かな髪に狂喜するペレアスの台詞「きみの髪がぼくの方に降りてくる。きみの髪がぜんぶ、塔から落ちてくる」が囁くようなフランス語で歌われる。「寒いわ」は第五幕フィナーレで、ペレアスが兄ゴローに刺されて命を落とした後、自らも傷を負って死の床にあるメリザンドが、ゴローの祖父である国王アルケルに向かって発する言葉。「寒いわ［……］すごく寒いのは怖いんです」ともに日常的な言葉をそのままオペラ台本にとりいれた例。ちなみに原文では、この二つの引用箇所の順番が入れ替わっている。

人間関係

私たちの人生の核をなすのは、人との関わりの問題である。それを意識する、すなわち、もやもやした鬱陶しさでしかなかったものが明確な一つの問題として見えてくると、すぐさま私たちはその足跡を追いかけて、人生始まって以来の人間関係の物語をもう一度最初から組み立て直してみたくなる。

子どもの頃、私たちがひたすらじっと見つめたのは[*1]、闇に包まれて謎だらけの大人の世界だった。大人同士[*2]が交わす言葉はちんぷんかんぷんで、なぜそんなことを決めてそんな行動をするのかその意味も、なぜとつぜん機嫌が悪くなって怒りだすのかその理由も、皆目分からないから実にくだらない世界に見えた。大人同士で交わす言葉は理解できないから興味も湧かないし、退屈きわまりない。しかし、彼らが決めることは、それによって私たちのその日の流れが変わるかもしれないから聞き漏らすわけにいかない。また、機嫌をそこねられると昼食も夕食も暗くなるし、扉がとつぜんバタンと大音響を立てたり、夜中に怒声が響いたりするから、知らん顔ではいられない。おだやかな会話が、いつなんどき、扉が激しく閉まったりものを投げつけるやかましい音響つきの嵐に豹変するかもしれないことが分かってくると、彼らの話し声のなかに、苛立ちのほんのわずかなひび割れもとり逃がすまいと、はらはらしながら聞き耳を立てたものだ。子どもだけの遊びに夢中になっているときに、怒声がとつぜん家のなかから沸き起こることもある。私たちは手を機械的に動かして遊び続ける。土を盛ってこしらえた小さな丘に石ころや草を差し込んでいる。でも、丘のことなど、本当はもうどうでもよい。家に静けさがもどらないかぎり、心おだやかには遊べないと感じている。扉がバタンと音を響かせるとビクッとする。怒声が部屋から部屋へと飛び交っても、私たちには理解できない言葉だから分かりたいとも思わないし、なぜそんなに怒鳴り合うのか、不可解な理由を探り出そうという気にもならない。ひたすらうろたえながら、きっとなにか怖い理由があるにちがいないと思っている。大人どものくだらない謎がまるごとずっしり私たちにのしかかる。おかげで、同世代の子たちとの関係までややこしくなることが何度あったかしれない。家に遊びに来た友だちと丘を作っているときに扉がバタンと大音響を轟かせて、平和は終わったと告げることが何度あったかしれない。恥ずかしさに赤面しながら、気にしているのはこの丘のことだけ、みたいなふりをして、家じゅうに響き渡る野蛮な怒声から友だちの注意を逸らせようと懸命になる。力が抜けてふにゃふにゃになった手で、盛り土の中に丁寧に小枝を差し込んでいる。友だちの家ではこんな喧嘩は絶対にしない、品のない言葉で罵りあうなんてありえない、みんな行儀がよくておだやかで、喧嘩なんてうちだけの恥ずかしいことなんだと、頑なに信じ込んでいる。やがてある日、友だちの家でも、うちと同じように喧嘩するのが分かる。そこでものすごくほっとする。きっと世界じゅうどこの家でも、うちと同じように喧嘩しているのだ。

思春期に差しかかると大人同士が交わす言葉を理解できるようになる。理解はできるようになったものの、もはや何の関心もない。家の空気が平和であろうがなかろうが、どうでもよくなっている。今では、家庭内喧嘩の筋書きを追い、今後の展開と持続時間の予測を立てることすらできる。ぜんぜん驚きもしないし、扉がバタンと音を立てて閉まったところでびくともしない。家は私たちにとって、以前とは別のものになっている。家はもう、私たちが外の世界を知るための覗き窓ではない。たまたま食事をして、寝起きする場にすぎない。大人たちの、分かるようになったけれど無意味としか思えない言葉を気を入れずに聞き流し、食べるものは食べ、くだらない話を最後まで聞かなくてすむように、そそくさと自分の部屋へ逃げ込む。まわりの大人たちが喧嘩しようが何日も仏頂面でいようが、私たちはすごく幸せ、というときもある。今や大事なことはなにもかも、家の壁の内側ではなく表通りや学校で起こっている。学校でほかの子にちょっとでも見くびられたりしようものなら、幸せではいられない。軽くみられないためなら、どんなことでもやってみようとする。クラスメートを笑わせたくて書いたコミカルな短い詩を、ばかみたいなおどけ面で朗読して後から赤面したり、少しでも気を惹くにはこれしかないと、家にある本や辞書をまる一日あさって卑猥な言葉を集めてみたり、なんでもかんでもやってみる。ど派手な服装で注目を集めた子がクラスにいるとなれば、母親の顰蹙《ひんしゅく》をものともせずに、人目をひくけばけばしいものをなにか、いつもの地味な服装に無理やりしのばせてみたりする。見くびられるとすれば、それはなにより自分がおどおどしているせいだと、はっきりとではないけれどなんとなく感じている。おそらくあの昔、幼なじみと土を盛って丘を作っていたときに扉がバタンと音を立て、品のない怒声が響きわたって恥ずかしさにうろたえたあの瞬間が、おどおどした自信のなさの根っこをきっと私たちに植え付けたのだ。引っ込み思案を克服し、人前でもひとりでいるときと同じように大胆気ままに振る舞えるようになるには、きっと一生かかるだろうと考えている。おどおどした態度が、みんなの好感を誘うための、最大の障害になっている気がする。みんなに認められたい飢えと渇きを覚える。ひとりぼっちで夢想にふけり、凱旋者として馬上ゆたかにあちこちの町に入場しては群衆の歓迎を受け、喝采を浴びる自分の姿を思い描いている。

家では、くだらない謎のせいで何年も重荷となっていた大人たちを、今度は私たちが、根深い侮蔑をこめた、無言と読めない表情で罰してやる。何年も何年も彼らは私たちを謎で苦しめた。今度はこちらが私たちの謎で、入り込むすきのない沈黙と目を石にした顔で復讐する。クラスメートが私たちに向けるのと同じ侮蔑を、わが家の大人たちに向けて復讐する。クラスメートの侮蔑が、自分だけでなく、家族全員、家の社会的立場[*3]、家具など家財道具一式、両親の生活習慣や生き方にまで矛先を向けているような気がする。ときおり家のなかに昔と同じ怒声がはじけるけれど、今、その原因になっているのは、おそらく私たち、私たちの石の表情なのだ。罵詈雑言の嵐が私たちを襲い、扉がバタンと音を立てる。でも、私たちはびくともしない。扉の大音響が、今では私たちに、生意気なうす笑いをうかべ、食卓でじっとだんまりを決め込む私たちに向けられている。あとから部屋でひとりになると、生意気なうす笑いは瞬く間に消える。まわりの無理解と孤独を思ってわっと泣き出す。熱い涙を流し、枕に顔をうずめてしゃくりあげる。するとなぜか不思議な快感をおぼえる。そこへ母が入って来る。娘の涙を見て動揺し、ジェラートでも食べに行く？　それとも映画がいい？　と誘う。泣きはらした赤い目で、それでもすぐにまた読めない石の顔にもどってカフェのテーブルの母の隣に腰を下ろし、超小型のスプーンでアイスをなめる。まわりには、悩みもなく楽しそうなほかの人たちがいる。いちばん陰気くさくて鈍くさいのはこの私たち。この世で一番嫌な存在だ。

ほかの人たちってだれ？　私たちってだれ？　そんな疑問が湧いてくる。ときには午後じゅうずっと、ひとり部屋にこもって考えこむ。ほかの人ってほんとうにいるのだろうか。それとも、私たちが勝手にほかの人を創っているだけなのか。考えているうちにくらくらして、眩暈《めまい》すらおぼえる。きっと、私たちがいないときには、ほかの人たちはみんなすっと姿を消して、存在するのをやめている。私たちが視線を向けるとすぐさま地中から湧き出てきて、奇跡みたいに蘇るのかもしれない。ある日、私たちがふと振りかえると、何もない、だれもいない、私たちが虚空に頭を突き出しているだけ、なんてことも、もしかするとありうるのかもしれない。だとしたら、ほかの人に見くびられたと言って落ち込んだところで意味がない。ほかの人なんてたぶん存在していないのだから、私たちのことも、彼ら自身のことだって、なんとも思っていないはずだもの。こんな思いにふけって眩暈がしそうなときに母が来て、ジェラートを食べに行こうと誘う。すると、言葉にならないほど嬉しくなる。今すぐアイスにありつけると思うと、信じられないほど幸せな気持ちになる。アイスを目の前にぶらさげられると、どうしてこんなに嬉しくなってしまうのだろう。存在しない影たちの世界に迷い込んで、眩暈がするほど深い悩みを抱える大人だというのに。ジェラートの誘いにはのるけれど、こんなに嬉しがっているのをぜったい悟られないよう、細心の注意を払う。唇はギュッと結んだまま、母と連れだってカフェに向かう。

ほかの人はたぶん存在しない、私たちがほかの人を勝手にでっち上げているのだ、絶え間なく自分にそう言い聞かせながらも、こんなにださくて野暮ったいからバカにされるんだと、納得はいかないままにクラスメートたちの侮蔑に悩み続ける。だれかに話しかけられると、両手で顔を覆いたくなる。それくらい不細工で見るに堪えない顔だと自分でも思っている。それなのに、だれかの恋心を誘うかもしれない、母とカフェでアイスをなめる私たちを見かけて、その人がこっそり家までつけてくるかもしれない、ラブレターを書き送ってくるかもしれない、そんな妄想をふくらませてばかりいる。来る日も来る日も手紙を待ち焦がれ、まだ届かないのが不思議でものすごくがっかりする。ラブレターの文言まで分かっていて、何度も何度も心のなかでつぶやいてみる。この手紙さえ届けば、豊かな謎《ミステリー》に満ちた世界、すべてが家の外で展開する秘密の物語を、今度こそ、家から遠くに持つことができるはずだ。目下のところ、私たちの謎といったら、両親におやすみのキスをしながら見せる石の表情の裏に潜むていどの、底の知れたケチくさいものでしかない。それは認めないわけにはいかない。キスのあとは、あの子どうしたのかしらと囁きあう両親を尻目に、自分の部屋に大急ぎで逃げ込むしかないのだから。

朝になると、鏡のなかの顔を心もとなく見つめてから学校に向かう。私たちの顔に、幼い頃のすべすべしたきめ細かさはもう見当たらない。幼年時代が懐かしくなる。土で丘を作っていた頃、家族の喧嘩だけが悩みの種だったあの頃が。今では喧嘩も、以前ほど頻繁ではなくなった。兄たちは独立して家を出ていたし、両親は歳をとって前よりおだやかになった。どっちみち、家のことはもうどうでもよい。霧の中をひとりで歩いて登校する。幼い頃は母が送り迎えしてくれた。今は霧の中でひとりきりだ。何をするにつけても、責任はすべて自分でとらなくてはならない。

自らを愛するごとく汝の隣人を愛せ、と神は言った。ばかげているとしか思えない。神はばかげたことを言い、実行できるはずのないことを人間に課した。私たちを蔑み、私たちが愛することすら許してくれない隣人を、どうやって愛せというのか。そもそもこんなにぶざまで陰気くさくて忌まわしい私たち自身を、どうやって愛せというのだ。影の集まりでしかなくておそらく存在していない隣人たちを、どうやって愛せというのか。神は私たちを創ったけれど、創ったのはこの私たちだけであり、私たちを影でしかないこの世に置いた。だから、私たちはひとりぼっちで、眩暈がしそうな思考にすがって生きるしかないというのに。子どもの頃は神さまを信じていた。でも今では、たぶん存在しないと思っている。ひょっとすると存在はしているかもしれないけれど、私たちのことはきっとどうでもよいのだ。私たちをこんな辛い目に遭わせているのだから。つまり、私たちにとって神は存在しないも同然だ。それなのに私たちは、食卓で大好きな料理を拒んだあと嫌味な自分を恥じ、神さまに気に入ってもらいたくて自分に罰を科す。自室のカーペットの上で夜を明かす。

しかし、一晩じゅう床に寝て身体のふしぶしが痛み、眠気と寒さで震えがとまらない翌朝には、神さまはやっぱりいないと考える。神など存在しない。こんなにばかばかしくておぞましい世界を創ろうなどという発想が、神さまにあるはずがない。霧が立ち込める朝、愛してくれず、こちらも愛することのできない隣人が住まう高層住宅のあいだをひとりぼっちで歩かせるという、こんな手の込んだ陰謀を、神さまが思いつくはずはない。隣人のなかには、私たちとは異なる性の、あの奇怪で不可解な人種も含まれている。私たちに対して、善きことと悪しきことすべてをなしうる脅威の能力を備え、恐るべき秘密の権力をふりかざす。同性の仲間からさえ何をやってもダメで野暮ったくて退屈でつまらないと見なされ蔑まれている私たちが、この異性なるものに好かれることなど、どうしてありえようか？

そのうち、こんなことが起こる。学校じゅうでだれより高く評価され、注目を集めるクラスでナンバーワンの子[*4]が、ある日とつぜん、私たちと仲良くなる。どうしてそんなことになったのか分からない。その子がとつぜん青い瞳の眼差しをこちらに向け、ある日、家まで一緒に来て、私たちに一日置くようになる。午後、うちに来て一緒に宿題をする。青インクの、先がとがった縦長のきれいな文字で埋まったクラスでトップの子のまたとないノートまでが、私たちの思いのままだ。間違いがひとつもないその子の宿題を写させてもらえる。こんな幸せが巡ってきたとは、いったいどういう風の吹きまわしだろう。だれに対しても尊大で近寄りがたいこのクラスメートが、どういうわけで私たちの友だちになったのだろう。今、すぐそこで、豊かな金髪を揺らしながら、私たちの部屋の壁のなかを歩き回っている。部屋の馴染みのものたちに、赤みがかったそばかすだらけの、くっきりとがった横顔を向けている。まるで熱帯から来た珍種の動物が、奇跡的に飼いならされてこの家の壁のなかにいるみたいだ。部屋を一巡して、これはどういうもの？　とか、この本を貸してもらえる？　とか尋ねてくる。一緒におやつを食べ、プラムの種をテラスから一緒に吹き飛ばす。みんなから見くびられていた私たちが、最も近寄りがたく、最も想定外の同級生に選ばれたのだ。一緒にいて飽きられないよう、もうこれっきりと離れて行かれないよう、無我夢中で話をする。卑猥な言葉を、映画やスポーツについて知っていることを、何から何まで残らず吐き出す。ひとりになると、響きのよいその子の名前を、一音節ずつ何度も何度も繰りかえす。明日、語りたい話題をいくつもいくつも準備する。うれしくて頭がおかしくなりそうだ。あらゆる点においてその子が私たちと同じだと思い込もうとしているから、考えておいたことを翌日語りあおうとする。自分のことを洗いざらい話し、眩暈のするあの疑念のことまで口にしてみる。人間も物も、本当は存在していないんじゃないかしら。その子はうろたえてこちらを見つめ、にたりとしてちょっぴりからかう。そこで、過ちを犯してしまったと、はたと気がつく。これは、この子と話すべき話題ではなかった。卑猥な言葉とスポーツでよしとするしかない。

いつの間にか、学校での私たちの立場までがらりと変わっている。クラスでナンバーワンの子の気を惹いているとあって、みんなが一目置くようになる。前に恥をかいたあのコミカルな短い詩を朗読すると拍手と大歓声で迎えられる。以前はほかの声にかき消されて聞いてもらえなかったこの声に、今ではなにかひと言発しただけでしんとして耳を傾けてもらえる。いろいろなことを尋ねてくる、腕は組んでくる、スポーツや手に負えない宿題などこちらの苦手なことは助けてくれる。世界はもはや、おぞましい陰謀の仕掛けではない。友人たちが住む、すっきりして心地よい小さな島だ。運命がこんなに好転しても、私たちは神に感謝はしない。こういうときには神など眼中にない。心に浮かぶのは、私たちを囲む愉快な仲間たちの顔であり、さらさらと幸せに流れる午前の時間であり、私たちが口にして笑いをとったおかしなフレーズであり、ほかには何もない。鏡のなかにあるのも、かつてのぶざまな陰気くさい顔ではない。仲間が、元気よくおはようと声をかけたくなる顔だ。性が同じ仲間たちの友情に支えられて、私たちはもうひとつの性をじっくり見つめる。自分と異なる性の人たちが、脅威ではなくなっている。異性なんかいなくても、異性に認めてもらわなくても、私たちはじゅうぶん幸せになれそうな気がする。生涯ずっと、このクラスメートたちに囲まれて、おかしなフレーズを言いまくって笑わせていたいくらいだ。

仲間たちに囲まれているうち、そのなかに、私たちと一緒にいると、とりわけうれしそうな子がいるのが目にとまる。この子にだったら、語れることが無尽蔵にありそうな気がする。クラスのトップでもなければ、皆の評価もそれほど高いわけでもない。目立つ服装もしていない。でも、身につけているのは、母が私たちのために選ぶのと同じ、温かで良質の素材のものだ。一緒に下校する道すがら、その子の靴が私たちのと同じであることに気づく。飾り気がなくてがっしりしている。

ほかのクラスメートの、きらきらしたソフトな靴とは違う。それをその子にも気づかせて愉快に笑う。その子の家に行くと、私たちの家と同じような生活をしているのが少しずつ分かってくる。その子もお風呂に入る頻度が高い。私たちの母と同じで、母親は恋愛映画を観に行くのを許さない。社会的立場が私たちと同じ、同類なのだ。ナンバーワンの子は相変わらず午後になると会いに来るけれど、代わり映えのしない卑猥な言葉を繰りかえすのに私たちはもううんざりしている。だから、存在への疑念というこちらが興味のある話題を見下したように投げつけてやる。私たちがあまりにも尊大で無神経で偉そうなので、ナンバーワンの子はうろたえて、曖昧なうす笑いを浮かべている。クラストップの口元に、自信をなくした気弱な笑みが浮かぶのを私たちは見届ける。私たちを失うのが怖いのだ。その青い瞳にすらうっとりすることはもはやない。今では、トップの子の傍らに、もうひとりの薄茶色の丸っこい目を探している。事情を察してトップの子は悶々とする。その子を苦しませることで自尊心をくすぐられる。私たちだって、こうやってだれかを苦しめることができるのだ。

丸っこい目の新しい友だちと一緒に、トップの子も、饒舌に下品な言葉を繰り返すだけで品性に欠けるほかのクラスメートたちもこき下ろす。私たちは今、気品を備えた存在でありたい。新しい友と一緒に、人も物も、品格のあるなしを基準に評価する。できるかぎりいつまでも大人にならずに子どものままでいれば、気品を維持できるということをつきとめる。服装に忍ばせていたちゃらちゃらしたど派手なものを取っ払い、母を大いにほっとさせる。振る舞いや生活様式と同じく、身なりにも質素な子どもらしさを追求する。新しい友だちとともにまたとない午後を過ごす。どれだけ語りあってもまだ足りない。今はもう会うこともないクラストップとの短いつきあいを思い出しては、我ながら呆れている。ナンバーワンのあの子と一緒にいるのはとても疲れた。無理に作り笑いをしようとするから顔の筋肉がこわばるのが分かった。瞼はひりひりするし皮膚はむずがゆくなった。打ち明けたい話はぐっと飲み込んで悪《わる》を装い、その子にも通じる数少ない言葉を自分の語彙のなかからひっきりなしに探さねばならないのは、骨が折れた。今度の友だちとは、一緒にいるのが心地よい。なにひとつ、てらう必要も飲み込む必要もない。自分の言葉が自然にあふれ出るままにしていればよい。存在についての、あの眩暈のする疑念さえも打ち明けることができる。その子ははっとして、自分も同じ疑念を持っていると言う。「あなたは存在している?」と尋ねると、存在していると誓ってくれる。このうえなくうれしくなる。

同性であることをともに悔やむ。*5 異性だったら結婚していつまでもずっと一緒にいられたのに。互いを気遣うことも恥じることも、不安をおぼえることもなかったろうに。このままでは、今は幸せでも、私たちの人生にひとつの影が絶えず覆いかぶさることになる。いつの日か、どこかの異性が私たちを愛するかもしれないのだから。異性の人たちは私たちと並んで歩き、路上で私たちに軽く触れる。私たちに関わる思いや目論見が何かあっても、それを私たちが知ることはまずできないだろう。私たちの運命と幸せは、彼らの手に握られている。彼らのなかにきっと、私たちとウマの合う人がいる。私たちを愛し、私たちも愛することができそうな人、私たちにぴったりの人が。しかし、いったいどこに? どうすればその人だと分かるのだろう? 都会の雑踏のなかで、どうすれば私たちを見つけてもらえるのだろう? この町のどの家で、この地上のどこで暮らしているのだろう。あらゆる点で私たちによく似ていて、尋ねることにはなんでも即答し、私たちの話をうるさがらずに最後まで聞いてくれる人。私たちの欠点を笑顔で受け止め、私たちの顔と生涯ずっとつきあってくれる、そんな、私たちにとってまたとない人は。大勢のなかから目にとめてもらうには、どんな言葉で喋ったらよいのだろう？　どんな服装でどこに出かけたら、その人に出会えるのだろう？

こんな思いに悶々として、異なる性の人たちの前では、限りなく引っ込み思案になる。このなかにひとり、私たちにぴったりの人がいるのかもしれない。その人を、こちらがたったひと言なにか口走ったばかりに取り逃がしてしまうかもしれない、それが怖くてたまらない。口に出す前に、言葉をひとつひとつ時間をかけてじっくり吟味しておきながら、いざ話すとなると喉を絞められたようなつぶれた声で、早口で言ってしまう。不安のあまり目つきは暗く、身振りも手振りもこそこそしてそっけない。でも、私たちにあつらえ向きの人ならば、どんな仕草だろうがつぶれた声だろうが、気づいてくれるはずだと自分に言い聞かせる。気づく気配がないとすれば、それは、しかるべき人ではないからだ。しかるべき人ならば、私たちを見逃しはしない。千人のなかからだって、拾い上げてくれるはずだ。その人を待ちわびる。朝起きて、今日こそが出会いの日かもしれないと考えない日はない。細心の注意を払って身支度と髪型をととのえる。ぼろのレインコートとひしゃげた靴で出かけたい気持ちを抑える。しかるべき人がそこいらの曲がり角にいるかもしれないから。私たちのために生まれてきた人の存在を、何回も何回も胸にたたきこむ。とある名前の響き、鼻筋、微笑みに、心臓がばくばくする。これがその人の名前、鼻、微笑みと、自分で勝手にふと決めただけで。車輪が黄色の一台の車とひとりの老婦人の姿にどうしようもなく顔を赤らめる。これが新婚旅行に行くしかるべき人の車、このご婦人が私たちを祝福するしかるべき人の母親だと決めつけているからだ。ところが、それが思い違いだったことにはたと気づく。しかるべき人ではなかった。

そうとなったらその人のことはもうどうでもよい。振り返っている暇もないから後ろ髪を引かれることもない。車輪が黄色の車も、名前も微笑みも突然色褪せて、日々の数えきれない雑事のなかに瞬く間に転がり落ちていく。済んだことで悶々とする時間はない。そう、これからヴァカンスに出かけるのだから。ヴァカンスに行けば間違いなくしかるべき人に出会えると私たちは確信している。だから丸っこい目の友だちとも、痛みをほとんど覚えることなくあっさり別れの挨拶を交わす。列車がその人のところへ連れていってくれると、それくらい堅く信じている。友だちは友だちで、自分も同じになると思っている。いったいどういうわけで、しかるべき人に出会うのは夏のヴァカンスだと、唐突に私たちは思い込んだのだろう。長い長い夏の何か月かが、孤独のうちに過ぎてゆく。友だちにえんえんと長い手紙を何通も書く。実現しない出会いへの期待を繋ぐために、家族ぐるみの昔馴染みや年嵩の親戚のなかから自分を好意的に評価してくれる人を厳選してコメントを求め、それを友だちに書き送る。友だちは友だちで、やっぱり親戚のお年寄りが自分の知性と美貌を、好意を持って評価してくれたと、似たような手紙を送ってくる。秋になる。特別なことは何も起こらなかった。それを自分に言い聞かせなくてはならない。でも、落胆はしていない。秋にまたその友だちにもほかの仲間にも会えるのはたのしみだし、心が踊る。私たちは上機嫌で秋に飛び込む。しかるべき人は、きっと並木道の曲がり角で私たちを待っているはずだ。

やがてその友だちからも少しずつ距離を置くようになる。洗練された上質のものにばかりこだわる、どちらかというとおもしろ味のない「ブルジョワ」に思えてきたのだ。今度は貧乏にあこがれる。クラスの貧しい子たちのグループに興味をそそられる。暖房のない彼らの家に毎日通うのが誇らしい。おんぼろのレインコートを、今は堂々と着る。しかるべき人との出会いは相変わらず期待しているけれど、その人なら、私たちのよれよれのレインコートも、ぼろ靴も、安もののたばこも、手袋をしないあかぎれの手も、ぜんぶ愛してくれるはずだ。おんぼろのレインコート姿で、黄昏どきの町はずれを家並みに沿ってひとりで歩く。町はずれは新鮮な発見だ。川沿いに、小さな居酒屋の看板がある。丈の長いピンクの肌着、つなぎの作業服、ミルクコーヒー色のショーツが吊るされた小さな店の前に、我を忘れて立ち尽くし、古びた絵葉書やヘアピンが並べられたウィンドーの前でうっとりする。古くさくて埃っぽくて貧弱なものなら何でも好きになる。埃まみれの粗末なものを探して場末の町を歩く。そうこうするうちに土砂降りの雨になる。おんぼろレインコートから雨水が浸み込んで、帽子をかぶっていない頭がびしょぬれになる。傘は持っていない。傘をさすくらいなら死んだ方がましだ。*6 傘も帽子も手袋も、トラムに乗るお金も持っていない。ポケットにあるのは、汚れたハンカチとつぶれたたばことキッチン用のマッチだけだ。

突如として、貧しい人が隣人なのだと思う。貧しい人たちこそ、愛すべき隣人なのだ。まわりを歩く貧しい人たちに目を向ける。道を横断する盲目の物乞いにつきそい、水たまりで足を滑らせる老女に腕を貸すチャンスをうかがう。路地で遊ぶ子どもたちの汚らしい髪を、指の先っぽでおそるおそる撫でてみる。ずぶぬれになって家にたどりつき、寒さに震えながら凱旋者の気分に浸っている。私たちは貧乏ではないから、公園のベンチで夜を明かすこともなければ、黒っぽいスープを錫の鍋からすすることもない。私たちは貧乏ではないけれど、たまたま今貧乏でないだけで、明日には文無しになるかもしれない。

会わなくなった友人は、私たちのせいで苦しんでいる。ちょうどクラスのトップが、友だち付き合いをやめたときに悶々としたのと同じように。それは知っているけれど疚しいところはない。それどころか、密かな快感のごときものすら覚えている。私たちのせいでだれかが苦しむとすれば、弱くて価値のない存在だと長らく思い込んできた自分が、実は人を苦しませる力も持っていることの証なのだから。もしかして自分はシニカルで意地が悪いのか、そんな疑念が生ずることもない。あの友だちも隣人だろうかとは、疑ってみることすらないからだ。いわんや、両親が隣人であるなど、思いもよらない。隣人とは、貧しい人たちなのだ。灯りのともされた食卓で質の良い食事をする両親に注ぐ視線は厳しい。私たちも同じ良質の食生活をしているけれど、それはたまたまのことであって、こんなふうでいられるのは、この先ほんのわずかな期間だろうと思っている。いずれ私たちにも、わずかなライ麦パンと錫の鍋だけしかないときがやってくるだろう、と。

ある日、私たちはしかるべき人に出会う。その人だとは意識していないから、わりとどうでもよい。その人と町はずれの道を散歩する。しだいに散歩をともにするのが日課になる。もしかすると、散歩しているこの人がその人？　と、ときどきぼんやり思ったりするけれど、でもたぶんちがうと思いなおす。それにしては私たちは冷静すぎるもの。大地も空も以前と変わらないし、時間は静かに流れるだけで、心の奥に鐘の音を響かせることもない。これまで何度も間違えてきた。その人がそこにいると思ったら別人だった。本物ではなかったとはいえ、そうと思しき人たちがいると思えばそれだけでものすごくドキドキして頭がからっぽになったものだ。まるで、炎に包まれた国のど真ん中でどうにか息をしているみたいだった。樹木も家屋もなにもかもが、私たちのまわりで燃え盛っていた。やがて炎が突然消えると、温もりがかすかに残るわずかな焼け木杭のほかには何も残っていなかった。私たちが後にしてきた炎の国は数え知れない。それで今は、と言えば、まわりを見わたしても何ひとつ燃えてはいない。そうとは気づかぬまましかるべき人とともに過ごす日が、何週間も何か月にも及ぶ。ほんのときたま、ひとりになったときに、その人の唇のカーブや仕草や声の調子を思い出すくらいだ。思い出すと、心がほんのちょっぴりピクリとする。でも、あまりにかすかで控えめなピクリなので、気にも留めない。不思議なのは、その人といるといつも実に心地よく、深くほっと息をついておだやかな気持ちでいられることだ。何年にもわたって険しく眉をひそめてきた顔がふと緩む。どれだけ話しても、どれだけ話を聞いても、飽きることがない。このような関係は、これまでだれとのあいだにもなかったと思いいたる。どんな人も、しばらくすると、当たり障りのない、あまりに単純でちっぽけな存在に見えるようになったものだ。この人は違う。厳しい横顔を向けて、私たちとは違う歩幅で隣を歩くこの人は、善きことも悪しきこともすべて私たちに対して行いうる、果てしなく大きな力を持っている。それでいながら、私たちはどこまでも心安らかでいられるのだ。

私たちは家を出て、その人とずっと一緒に暮らすことになる。これがその人だという確信があるわけではない。確信は、それどころかほんのかけらすらない。私たちにぴったりのほんものさんは、町のどこかに隠れていると相変わらず思っている。でも、どこに隠れているのか、その場所を知りたいとは思わない。その人に話すことは、もうほとんどないような気がする。なにもかも洗いざらい話す相手は、一緒に暮らすことになった、たぶんしかるべき人ではないこの人だ。人生の善きことも悪しきことも、この人から、そしてこの人と一緒に受け止めていくのだと思っている。私たちとその人のあいだに、ときおり激しい衝突もあるけれど、それすらも私たちの心の限りない安らぎを崩すにはいたらない。何年も後、何年も経た後になって初めて、習慣、記憶、大喧嘩の網が私たちとその人のあいだにびっしり細かい目で編み上げられたそのときになってようやく、この人こそまさにしかるべき人だったと納得するのだろう。この人とでなければとても無理だった、私たちの心が必要とするものすべてを求めることができるのは、この人だけだったということを真に理解するのだ。

こうして住むことになった新居での新たな暮らしが始まると、貧乏への憧れはもうどこかへ消えている。それどころか、貧乏になるのを恐れてすらいる。机であれカーペットであれ、身のまわりのものに不思議な愛着が湧く。実家ではカーペットにいつもインクをこぼして平気でいたのに、カーペットにこれまで感じたこともないこだわりがあるのはちょっぴり気掛かりだし、いささかきまりが悪くもある。町はずれの散策には相変わらずときどき出かけるけれど、家に入る前に泥まみれの靴を玄関マットで念入りにこする。宵闇の町を見下ろす両開きの窓を閉ざしてわが家の灯りのもとに腰を下ろすのが、これまで味わったことのない歓びとなる。今では友人たちにもさほど会いたいと思わない。胸の内にあるものはすべて、ともに暮らす人に、灯りのともる食卓で一緒にスープをすすりながら語っている。ほかの人にわざわざ語ることなど、もう何もない気がする。

子どもが生まれる。貧乏になったらどうしようと心配になる。それどころか、生身の子どもを襲いかねないありとあらゆる危険や病苦など、かぎりない不安が次々に頭をもたげてくる。自分たちも同じ肉体なのに、それが生身の華奢なものであるとはそれまで一度も思ったことがなかった。とんでもない冒険に身を投じ、伝染病患者や人食い人種がいる遠隔の地にさえ、いつでも出かける用意があった。戦乱、疫病、世界の終末すら、まったく気にならなかった。私たちの肉体がこんなにもろくて不安の種を抱えたものだとは知らずにいた。不安と、身を切るような慈愛がしがらみとなる命との絆を、こんなふうに感じようとは想像したこともなかった。町をひとりでひたすら歩きまわっていた私たちの足どりは、なんと自由で決然としていたことだろう！　日曜になると、乳母車を押して並木道をゆっくり散歩する家族の父親と母親の姿を、心から同情しつつ眺めたものだ。退屈でもの悲しい光景とうつった。今では、私たちがそうした家族である。乳母車を押しながら並木道をゆっくり歩く。悲しくはない。むしろ、たぶん幸せだ。でも、幸せだと実感するのはなかなかむずかしい。この幸せを一瞬にして失い、永久にとりもどすことができないかもしれないと不安を抱くからだ。私たちが押す乳母車の子どもはすごく小さくてひ弱だから、この子に私たちを繋ぎとめる愛は深い苦悩と不安に浸されている。風がほんのわずかに吹いただけでも、空に雲が現れただけでも恐怖にかられる。雨が降ったらどうしようと不安になる。雨のなか、帽子もかぶらず泥濘《ぬかるみ》に足をつっこむのもかつてはへっちゃらだったのに！　今は傘まで持っている。そのうえ、家の玄関先に傘立てを置きたいとまで思っている。ひとり気ままに町を闊歩していた頃には思いもよらなかったものが欲しくなる。傘立て、洋服掛け、シーツ、タオル、万能鍋、冷蔵庫。町はずれの店の物色はとっくにやめて、屋敷や公園のあいだの並木道を歩く。シラミや伝染病をうつされないよう、薄汚い貧乏人が私たちの子どものそばに寄らないように気を配り、物乞いはよけて通る。

これほどの苦悩と不安にかられつつ、私たちは子どもを愛する。この子たちのほかに近しい人はこれまでだれもいなかったし、今後もいるはずがないとすら感じている。自分の子どもがこの世に存在することにまだあまり慣れていないので、生活のなかに子どもが出現したことにただただびっくりしてうろたえている。友人はもういない。それどころか、子どもの具合でも悪くなろうものなら、今もつきあいのあるほんの一握りの友人が憎悪の対象となる。友人につきあっていたばかりにまたとない大事な慈しみの対象から注意をそらした、だからこんなことになってしまったと、友人に責任をなすりつける。仕事はもうしていない。かつては天職があった。大好きな仕事だった。今では、その声にちょっとでも耳を傾けようものなら罪悪感に襲われて、身を切るたったひとつの慈しみの的へと、まっしぐらに駆けもどる。太陽の日差しがふりそそぐ日、緑の風景が意味するものといったら、子どもが日光浴をして緑の中で遊べることのみ、ほかには何もない。自分なりの気晴らしやもの思いにふける自由は一切手放した。身のまわりのものにぴりぴりした懐疑の目を向ける。錆びた釘、ゴキブリ、子どもに害を及ぼすものがないか目を光らせる。できるものなら、清潔な動物と親切な住民のいる汚れのないさわやかな土地に住みたい。かつて心惹かれた未開の地にはもうなんの魅力も感じない。

なんてつまらない人間になってしまったのだろう、すっかり親しいものとなった子どもの頭を眺めながら痛恨にかられることも、たまにある。しゃがみ込んでむっちりした手で土の丘を作る子どもの頭ほど親しく感じるものは、世界じゅうどこを探しても今はもう何もない。なんとバカになったのだろう、なんとちっぽけなことばかりまだるっこく考えているのだろう。ハシバミの殻に収まるくらいちっぽけなのに息詰まるほど面倒くさいことばかりを！　私たちを魅了した未開の地はどこへ行ってしまったのだろう？　若き日の力と自由闊達でテンポのよいあのリズムは？　毎日欠かすことのなかった独創的な発見は？　決然とした輝かしい眼差しは？　勝ち誇った足取りは？　私たちにとっての隣人は今どこにいるのだろう？　神は今どこにいるのだろう？　私たちが神を思い出すのは、子どもが病気になって神頼みをするときだけだ。そんなときには、私たちの歯も髪も全部ぬけてかまいません、子どもを救ってください、とお願いする。子どもが恢復すると、すぐさま神はふたたび忘却のかなたへ。歯も髪もぬけてはいない。ちっぽけで面倒くさいことを、ふたたびまだるっこく気にかける。錆びた釘やゴキブリ、涼しい草原や小麦粉の離乳食。私たちはまた、縁起をかつぐようにもなっている。坐って書き物をしながら不意に立ち上がり、灯りを三回点滅させて魔除けのおまじないをする。災難から身を守るにはこれしかないとふと思ったからだ。辛いことは御免だ。その足音が聞こえると、見つからないようにソファーやカーテンの陰に身を隠す。

それでも辛酸は私たちをめがけてやって来る。予測はしていたのにすぐにはそれと分からない。すぐにその名で呼ぼうとはしない。驚愕のあまりわが目を疑い、なんとかなる、何もかもうまく元どおりになると信じてわが家の階段を降り、それを最後と扉を閉める。[*7] 埃っぽい道をとめどなく歩く。私たちは追われている。私たちは身を隠す。修道院、木立のなか、納屋や路地、船倉や地下倉庫に身を潜める。最初に出会った行きずりの人に助けを求めることを覚える。友なのか敵なのかは分からない。助けてくれるのか裏切るつもりなのかも分からない。でも、ほかに選択肢はない。このときかぎりと、その人に私たちの命を託す。行きずりの人を助けることも覚える。間もなく、何時間後か、あるいは何日か後に、カーペットと灯りのあるわが家に帰れるという信念は、大事にずっと胸にしまっている。私たちは温かく迎えられ、ねぎらってもらうだろう。清潔なスモックと赤いスリッパ姿の子どもたちはしゃがみこんで遊ぶだろう。子どもたちとともに、駅で、教会の石段で、貧しい宿で夜を明かす。私たちは貧乏になった。自尊心のかけらもなく、そう思う。子どもじみたプライドは徐々に影をひそめて、もはや跡形もない。ほんものの飢えと寒さを経験する。恐怖はもはや感じない。恐怖は身体の奥深く浸透して疲労と一体化している。まわりのものたちに向けるのは、記憶をなくして干からびた視線のみだ。

ほんのときたま、現実の認識が疲労の底からふたたび浮上してくると、あまりの痛みに涙がこみ上げる。世界を見るのは、たぶんこれが最後だろう。道の土埃、小鳥たちの甲高い鳴き声、私たちの息づかいの苦し気なリズム、これらに私たちを繋ぎとめていた愛を、今ほど強く感じたことはない。しかし、息づかいの苦し気なリズムに比べたら、私たちそのものの方がもう少し強靭であるような気がする。くぐもった、はるかかなたのそのリズムを、もはや私たちの息づかいではないかのごとくに聞いている。子どもたちが、腕のなかの彼らの重みが、頬をなでる彼らの髪が、今ほど愛《いと》おしかったことはない。この子たちがどうなろうと、それすらもはや恐怖ではない。神さまには、気が向いたらこの子たちを守ってください、とお願いしておく。どうぞお好きなように、と。

　そして今、私たちはまごう方なき大人になった。朝、鏡のなかに頬のこけた皺だらけの顔を見て、そう思う。自尊心もなければ興味もない。ただ、ちょっぴり憐れみを覚えながらその顔を眺める。部屋に、鏡を再び取り付けた。もしかすると、そのうちまた、たぶんカーペットも敷き、スタンドも置くだろう。しかし、私たちはだれよりも大切な人を失った。それでいて、カーペットや赤いスリッパに、今さら何の意味があるだろう？　私たちは、故人の遺品を元どおりにして、大事に保管することを覚える。ともに過ごした場所にひとりでもどり、問いかけては周囲に沈黙を聞くことを覚える。死は、もう怖くない。だれよりも愛しい顔にやどった偉大なる沈黙に思いを注いでは、毎時、毎分、いっときも休むことなく、死を見つめている。

　そして今、私たちはまごう方なき大人になった。そう思いつつ、大人とはこんなものなのかと呆れてもいる。子どもの頃に思っていた大人とは大違いだ。自信がついたわけでもなければ、この世のすべてをおだやかに、思いどおりに操ることができるわけでもない。私たちが大人になったのは、亡くなった人たちの無言の存在を背負いつつ、私たちの今の生き方について判断を仰ぎ、過去の非礼を詫びているからだ。私たちが発したいくつもの心ない言葉と無神経なふるまいを、かなうものなら過去から剝ぎ取ってしまいたい。あの頃は、死を恐れてはいたけれど、死が、ここまで取り返しのつかないものであるとは理解していなかった。死を知らなかった。私たちは、死者たちの無言の返事と無言の許しを内に秘めて持ち歩いている。だから大人なのである。ある日、思いがけず体験したあの瞬間、地上のあらゆるものをこれを最後と見つめ、抱え込むのは諦めて神の意志にゆだねた、あの瞬間を知ったから大人なのである。あのときふと、地上のものたちはすべて天のもとで、あるべき場所に配置されていると思った。人間もまたしかり。私たち人間も、与えられたたったひとつのそれなりの位置につき、そこにぶらさがって世界を見つめているのだ。人間もものごとも記憶も、すべてが天のもとでそれなりの立ち位置を与えられている。あの一瞬に、私たちは揺れ動く人生のバランスを発見した。その秘密の一瞬は、いつでも何度でも見つけることが可能なのだと思う。その瞬間には、言葉を、仕事のためであれ隣人のためであれ、うまく探し出すことができる。隣人に、偏見にとらわれない公正な眼差しを向けることができる。隣人が自分の主《あるじ》なのか僕《しもべ》なのか、それを見極めることにばかり気をとられる人の卑屈な、そうでなければ尊大な視線を振り捨てることができるのだ。これまでの人生において私たちはたしかに、主か僕か、そのどちらかでいることしかできなかった。しかし、あの秘密の瞬間、完璧にバランスがとれたその瞬間に、この世には、ほんとうの支配も隷属も存在しないことを知った。これが分かった今、私たちは自らの秘密の瞬間に立ちもどって周囲の人たちにもじっと視線を凝らし、彼らにおける秘密の瞬間を探すようになるだろう。彼らがすでにその瞬間を体験したか、それともまだ遠くかけ離れた所にいるか、それを心得ておくのは大事なことだ。人間の生涯には至高の瞬間がある。まわりの人たちのその瞬間も見逃さないようにして、それを共有するべきである。

呆れたことに、大人になってもまだ、私たちは隣人に対する引っ込み思案を相変わらず引きずっている。こんなに生きてきたのに、引っ込み思案から少しも解放されていない。相変わらずおどおどしている。ただ、それが気にはならなくなった。おどおどする権利を獲得したものと思って、迷うことなくおどおどしている。堂々とおどおどしている。持っているはずの適切な言葉をおずおず探すけれど、それが見つかるとものすごく嬉しい。見つけてもまだおどおどしてはいるけれど、隣人に向ける言葉が豊富にあって見つけるのに苦労しなくてすむのがたのしい。たやすく喋れること、自然でいられることに、私たちはうっとり酔いしれる。とはいえ、人間関係の物語は、私たちにあって、まだまだ終わったわけではない。それは、人間同士の関わり方が、少しずつ、あまりにも安易な、あまりにも自然なものになってきたからだ。あまりに自然で苦労を伴わないので、選択肢もなければ発見もなく、豊かさもなくなってしまった。単なる慣れであり満足感であり、自然体でいられることに酔いしれているだけなのだ。いつでもあの秘密の瞬間にもどって、いつでも適切な言葉をすくい上げることができると私たちは思っている。でも、いつでももどれると言ったら嘘になるだろう。もどったつもりで実際にはもどっていない場合も少なくない。私たちは、瞳にまがいものの光をともして隣人への熱意のこもった配慮をしているつもりになるけれど、実は、配慮も熱意も私たちの心の闇の上にじっと凍りついたまま、前と同じように縮こまっているのだから。人間関係は、日々、新しい発見をして構築しなおしていかなくてはならない。隣人との出会いは、いかなるものであれ、人間の行いであること、つまり、いつなんどきでも、善でなければ悪、真実でなければ虚偽、慈愛でなければ罪であることを、片ときも忘れないようにしなくてはならない。

今や私たちは、私たちが思春期の子どもたちに石の目で見られるほどの大人になった。その眼差しの正体はよく分かっている。私たちも同じ目をしていたのをよく覚えている。それなのに、彼らの視線はやはり辛い。いたたまれなくて苦言を呈し、猜疑心いっぱいの問いかけをつぶやいている。憐れみの心を多少なりとも持てるようになるまでの長い道のり、そのために必要な長い紆余曲折、人間関係の長い鎖がどのように伸びていくものか、それはもう、じゅうぶんよく分かっているというのに。

訳注

＊1 個人の体験を記しているにもかかわらず、「ある友人の肖像」「人間の子ども」同様、主語代名詞を「私たち」と複数形で通している。「私たち」を「私」と読み替えるとすっきりするのは確かだが、著者の意向（「訳者あとがき」149ページ参照）を尊重したい。
＊2 ナタリアの家には両親のほか、歳の離れた兄三人と姉ひとりがいた。
＊3 父ジュゼッペ・レーヴィは、トリエステのユダヤ人家系の出身。父親以下、イタリア人の母リディアをはじめ、兄たちも皆、反ファシズム思想で知られていた。大半の子どもが所属する、たとえばバリッラ全国事業団（31ページ「ある友人の肖像」訳注5参照）の活動にも参加しないなど、ナタリアは学校で少数派だった。
＊4 原文では男性名詞扱い。そのまま男性ともとれるが実は女性の可能性も。個別化を排除し、語りの普遍化を目指している。
＊5 「同性であることをともに悔やむ」相手であるにもかかわらず訳注4と同じく代名詞には男性形「彼」を用いている。
＊6 須賀敦子のエッセイ「雨のなかを走る男たち」（『トリエステの坂道』）などにも、傘をさすのは金持ちのみとされた旨の記述がある。
＊7 「訳者あとがき」151ページ参照。

小さな徳

子どもを育てるにあたって教えるべきものは、小さな徳ではなく大きな徳だと思う。貯蓄ではなくお金にこだわらない鷹揚さ。用心深さではなく危険を顧みない勇猛さ。要領よく立ち回るのではなく、率直でありかつ真実を愛すること。駆け引きではない、私利私欲を超えた隣人愛。成功願望ではなく、生きることと知識を得ることへの欲求。

それなのに私たちは、たいてい逆のことをする。小さな徳の尊重を教えこむのに躍起になり、もっぱらそちらを教育方針の拠りどころにする。こうして私たちは、より安直な道を選択するのだ。小さな徳は物理的な危険を孕まない。それどころか運命の打撃をかわすのを助けてくれさえする。大きな徳を教えるのをなおざりにするけれど、それでも私たちは大きな徳が好きだから、かなうものなら子どもにはそれを身につけた人間になってほしいと願っている。そこで私たちは、こんなふうに信じこもうとする。大きな徳は本能として備わっているものだから、子どもの心にそのうちきっと自然に芽生えてくるはずだ。それにひきかえ小さな徳は、じっくり考えて計算したあげくにようやく身につくものに思える。だから、こちらはどうしても教えておいてやらなくてはならない、と。

実のところ、両者の違いは見た目だけなのだ。小さな徳とて、出どころは、私たちの本能の深みに潜む防衛本能なのだから。ただ、小さな徳にあっては、理性が黙っていない。自衛にかけて腕利きの有能な弁護士さながらに、とうとうと論述を始める。大きな徳がほとばしり出る本能においては、理性が声をあげることはない。この本能をどう名づけたらよいのか戸惑うのだけれど、私たちの内なる至高のものは、声を立てないこの本能の内に宿っている。理性の声が論点をまとめてとうとうと論述する防衛本能のなかにあるのではない。

教育とは、私たちが子どもとのあいだに作り上げるひとつの関係、感情なり本能なり思考なりがそのなかで花開く、ひとつの空気にほかならない。そこで私は思うのだが、小さな徳の尊重が幅を利かせる空気ができあがってしまうと、それがいつの間にか人生に対して斜に構えるシニシズムや生きることへの不安へと、じわじわ姿を変えていくようだ。小さな徳それ自体は、シニシズムとも生への不安とも、なんの関わりもない。しかし、大きな徳を伴わずに小さな徳ばかりが結集すると、どうしてもシニシズムの方向へと流れる空気が醸し出されるのだ。小さな徳そのものが卑しいというわけではない。ただその価値が補助的な部類に属し、根幹をなすものではないということである。小さな徳は、大きな徳とともにあるのでなければ意味をなさない。大きな徳の欠落した小さな徳は、人間の生理的欲求を、粗末な食べ物程度にしか満たすことができないのだ。必要に迫られて小さな徳を控えめに実践する方法なら、まわりを見回せばいくらでもころがっている。小さな徳は、ごく当たり前のものとして人びとのあいだにあまねく行きわたる、そうした部類のものである。一方大きな徳の方は、息をすれば自然に吸い込める、といったものではない。それでいながら、大きな徳こそ私たちの子どもとの関係における最も基礎的な栄養素であり、教育の最も重要な基盤をなすべきものなのだ。そもそも、大きなものが小さなものを含み持つことはあっても、小さなものが大きなものを内に含むことは、自然の法則からしてもありえない。

子どもとの関係を築くにあたって、親の世代が私たちに対して行ったことを思い出して真似しようとしても無駄だ。私たちの幼少期も思春期も、小さな徳の時代ではなかった。大げさで仰々しい言葉の時代だった。しかしそんな大仰な言葉は、次第に実質的な意味を失っていった。今は、抑制の利いたクールな言葉の時代である。だが、そうした言葉を使いながらも、その背後には、かつての大仰な言葉を奪回したいという願望が、おそらく浮上してきてはいるらしい。でも、笑いものになりたくはないから、用心深さと要領のよさを身にまとった、なんとも気弱な願望にとどまっている。親の世代は、用心深さとも要領のよさとも無縁だった。笑いものになることも意に介さなかった。支離滅裂だろうが脈絡がなかろうがおかまいなしに、矛盾したことばかりを言い連ね、筋がとおらないのを決して認めようとはせず、子どもに権力をふりかざした。親となった今の私たちにはとてもできない芸当だ。難攻不落を疑わない信念の砦が、絶対的な権威をもって私たちを支配していた。言葉の雷を落としては、私たちを黙らせた。自分たちの間違いに気づくや私たちに黙れと言うから、対話は成り立たなかった。テーブルを拳固で叩いて部屋を震撼させた。その仕草は今も記憶に焼きついているけれど、それを真似しようにも私たちにはとても無理だ。私たちだって怒り狂い、狼のように吠えることはある。でも、私たちの狼の吠え声の下には、ヒステリックなむせび泣き、子羊のメエメエいうしわがれた鳴き声が通奏低音のように流れている。

つまるところ、私たちには権威もなければ武器もない。あるとしてもまやかしの権威であり、それを装っているにすぎない。私たちは、自分の弱みを知りすぎている。すぐに落ち込むし自信がなさすぎる。一貫性がなく矛盾していることも、なにが欠陥であるかも、いやというほど分かっている。私たちは心の内を底の底まで凝視して、見なくてよいところまで見すぎてしまった。権威がない以上、私たちは子どもとの間に新たな関係を作り上げるしかない。

昨今では、親と子のあいだに対話が成立する。もっとも、互いに防御網は張るし、どちらもおずおずと相手を忖度しながら抑制してかかるので、つねに困難は伴うにせよ、可能ではある。子どもとの対話において欠かせないのは、完璧からはほど遠い、あるがままの私たちの姿をさらけ出すこと、子どもが私たちに似ないように願っており、私たちよりずっと逞しい優れた人間になってくれると信じているのを、はっきりと分からせることである。

私たちはだれしも、お金にからむ問題を何かしら抱えている。子どもに教えようと最初に思いつく小さな徳といったら、節約である。貯金箱を買い与え、使わないでお金を貯めていくと何か月かすればかなりの額に増える、それがどんなにすてきなことか話してきかせる。すぐに使いたいのをちょっと我慢すれば、そのうち高価なものが買えるのだからと。子どもの頃、同じタイプの貯金箱を買ってもらったことを私たちは思い出している。もっとも私たちが子どもの頃には、お金そのものにも貯金の味わいにも今ほどの不潔感も、おぞましさもなかったことは忘れている。お金は時が経つにつれて汚らわしさを増す。貯金箱は私たちの最初の過ちである。これで、子育ての体系に、小さな徳をひとつインストールしてしまうのだ。

貯金箱は陶器製で、梨か林檎みたいな形をしたなんということもない外観だ。部屋に何か月も滞留するうちに貯金箱の存在が子どもたちには当たり前のものとなり、投入口にお金を差し入れるのが日々の楽しみとなる。中に保管され、まるで大地の懐に抱かれた種子のように暗闇のなかでひっそりと成長していくお金が、彼らの友だちがごとき存在となっていく。植物でも動物でも、心を込めて育てれば何でもそうであるように、お金に対しても無邪気な愛着が湧く。そして、お金を貯めれば買えると話して聞かせたウィンドーの高価な品物に、うっとり見とれる。やがて、貯金箱を壊してお金を使うときがやってくる。子どもたちは寂しさに見舞われて肩を落とす。林檎のおなかに守られていたお金が、部屋にはもうない。ピンクの林檎そのものまでなくなってしまった。代わりにやってきたのは、ウィンドーにあるのを長いことずっと見惚れ、こんなにすごいものはほかにないと憧れてきたその品物である。しかし、あれだけ待ちこがれ、そのためにあれだけお金を貯めたものがいざ部屋に来てみると、なんとも色褪せてぱっとしない。興ざめこのうえない。こんなにがっかりするのがお金のせいであるとは、子どもたちは考えない。責任はむしろ新参の品物になすりつける。お金には、それ自体は消えてなくなっても、長きにわたって約束してくれた甘い記憶が残っているからだ。子どもたちはきっと、新しい貯金箱とそこに入れるお金を欲しがるだろう。欲しいもの、関心の対象はもっぱらお金という、まずいことになる。子どもたちが、ものよりお金を好むようになる。幻滅を経験したのは悪いことではない。しかし、お金という友だちがいないのを寂しがるのはよろしくない。

貯蓄は教えないに越したことはない。お金は、むしろ使うことに慣れさせるべきだろう。少しずつ何回も、あまり間をあけずに与えるのがよい。わずかな金額を渡して、いつでも気が向いたらすぐに、好きなように使いなさいと奨める。子どもたちはガラクタみたいなおもちゃを買い、買ったことすらあっという間に忘れてしまうだろう。同様に、じっくり考えもせずにすぐに使って愛着を覚える暇のなかったお金のことも、あっさり忘れる。ガラクタはきっとじきに壊れるから、そんなものを買ったことに多少がっかりするけれど、でも、がっかりしたこともおもちゃのことも、お金のことも、あっという間に忘れるだろう。そしてお金を、瞬時に消えるはかなくてくだらないものと見なすようになるはずだ。お金はくだらないもの、子どものときには、そう思っているのがまっとうだ。

人生歩み始めの時期には、子どもはお金の何たるかは知らずにいるのがよい。しかしときとして、たとえば親があまりに貧しすぎたり、また逆にあまりに裕福すぎたりすると、そうはいかない場合もある。貧困な生活にあっては、お金が、その日を生きのびること、生きるか死ぬかに直結しているから、幼い子どもの目にもお金はそのまま、食べ物、燃料、衣服と映る。お金が子どもの心を蝕んでいる暇はない。金持ちでも貧乏でもないそこそこの暮らし向きの場合には、放っておけば、子どもが幼年期を、お金のなんであるかを把握しないまま、まったく無頓着に生きるのも難しくはない。しかしながら、お金に関するこうした無知には、早すぎも遅すぎもないほどよいタイミングで、きちんと終止符を打つ必要がある。たとえば家計が苦しくなったときには、早すぎも遅すぎもないほどよい頃合いを見計らって、子どもに家計の状況を把握させるべきだ。いずれにせよ、ある時期にさしかかったら、私たち親の心配の種が何なのか、喜んでいる理由が何なのか、親にはどんな目論見があるのかなど、家族の生活に関わるあらゆることを、子どもも共有すべきである。家にあるお金は、私たち親と同じ割合で子どもたちのものでもあり、子どもよりも親の持ち分が多いわけでもなければまたその逆でもない。こうした認識を持たせれば、節度を守って注意深くお金を使う方向へと子どもを導くことができるだろう。そうなれば節約への誘《いざな》いも、小さな徳の尊重とはまた別の様相を呈してくる。お金というそれ自体何ら尊重するに値しないものを大事にせよという抽象的な勧めではない。そうではなく、家にお金が湯水のごとくあるわけではないことを子どもに認識させ、彼らのものであると同時に私たち親のものでもあり、とり立ててすてきなわけでも愛しいわけでもないけれど、日々の暮らしに欠かせないからないがしろにはできないものであるのを理解して、責任ある大人としての自覚を持つことへの誘いなのだ。しかし、早すぎても遅すぎてもいけない。子どもにものを教える秘訣は、絶好のタイミングをうまくおさえるか否かにかかっている。

己は節度を守り他者には寛大でいる。こうしていれば、お金と適正な関係を保ち、お金を自由にあやつることができる。泉から湧き出た水が澄み切ったまま流れ去るように、稼ぎがあっという間にどこかへ消えてお金として滞留しない家庭であれば、お金に縛られない自由なバランス感覚を子どもに仕込むのもさほど難しくないはずだ。ことがややこしくなるのは、滞留したお金がどろりとした沼のごとくずっしりと淀み、発酵して悪臭を発散させている家の場合である。お金という隠れた力を巡る話が、明快な言葉で語られることはまずない。それでも両親が鉛みたいな陰気くさい目をじっと凝らし、口元に苦々しい皺をよせて小難しい名詞をあげながらそれらしい話をしていれば、家にはお金があると子どもはすぐに察知する。それも、机の引き出しなどにさりげなくしまってあるのではない。どことも知れぬ場所にそそり立っている。それがある日突然、家族も家も飲み込んで地中の深みに吸い込まれて永久に消えてなくなり、取り返しのつかないことになるかもしれない、そんなお金なのだ。このような家庭では、お金は大事に使わなくてはいけないと、子どもはひっきりなしに小言を聞かされる。来る日も来る日も、母親はトラム代のわずかな小銭を手渡しながら、無駄遣いしてはいけないと言う。母親の眼差しにはあの鉛みたいな陰鬱な懸念が、額にはお金の話になると決まって現れる深い一本皺が現れている。お金はいつなんどき露と消えるか分からない、わずかなトラム代といえども突然襲ってくる致命的な破産の最初の火種になりかねないといった、漠たる不安の影が漂っている。こうした家庭の子どもが、着古した服とすり減った靴で登校するのも珍しくない。そして、なかなか買ってもらえない、もしかしたら見果てぬ夢に終わるかもしれない自転車やカメラを想って深い溜息をもらす。うちよりぜったい貧しいはずなのに、ずっと前から持っている子もいるのに。欲しかった自転車をようやく買ってもらえても、贈り物には厳しい条件がついてくる。傷をつけてはいけない、多額の金を投じた贅沢品なのだからだれにも貸してはいけない。家では、節約せよとかたときも休む暇なく執拗に注意を喚起される。教科書は古本を、ノートはスーパーの〈スタンダード〉で買う、そんな家訓まである。金持ちは概してケチで自分が貧しいと信じ込んでいるという事情も、多少はあるかもしれない。しかし、それ以上に大きな理由は、裕福な家の母親が、たいてい無意識にではあっても、お金の及ぼす影響力に不安を覚えるあまり、子どもたちを守るつもりで、質素な生活習慣という虚構の壁を巡らすところにあるだろう。ないと不自由するものまで、これくらいは我慢しなさいと子どもを仕向けさえする。しかし、こんな矛盾のなかで子どもを生活させるくらい、ひどい過ちはない。お金は、家じゅういたるところで明らかにそれと分かる言葉を発しているのだ。磁器が、家具が、重厚な銀器が、お金の存在をもろに語っている。快適な旅行、豪勢な別荘暮らし、守衛の挨拶、召使の礼儀作法のなかに、そして両親の会話にも、父親の額の皺にも、当惑した母親の鉛色の眼差しにもお金の姿が映っている。お金はそこいらじゅうに存在している。手を触れることすら許されないのは、きっと驚くほどもろくて壊れやすいからだろう。お金をからかうことはご法度だ。お金は、語りかけるならささやき声でないと振りむいてくれない陰気な神さまだ。ひたすら暗い不動の姿勢の邪魔をしないでおくためには、きつくなった去年のコートを着て、ページがばらけたボロボロの教科書で勉強し、農作業用の自転車をたのしげに乗りこなすしかない。

親となった私たちがもしも裕福で、子どもに質素な生活習慣を身につけさせたい場合には、節約精神から蓄えたお金はすべて、よその人のために惜しみなく使うべしと、はっきり教える必要がある。節約精神は、ケチや心配性ゆえのものではなく、豊かさのなかでの素朴さの自由な選択であって、初めて意味を持つ。裕福な家の子どもが無理やり古着を着せられておやつに青りんごをあてがわれ、欲しくてたまらないのに自転車を買ってもらえないのでは、しかるべき節度も身につくはずはない。豊かなのにそんな質素を装わせるのは単なるポーズでしかない。ポーズをとらせて、教育上プラスになることはありえない。これでは子どもが身につけるのは、せいぜいケチ精神とお金がらみの心配性くらいのものだ。欲しがって当然であり、買ってもらうのがなんでもない一台の自転車を持つことができないばかりに、子どもはフラストレーションに苛まれる。ここで親がしているのは、現実に即した納得のいく説明は何もなしに抽象的な理屈をふりかざし、子どもの少年少女時代から楽しみを奪っていることに尽きる。自転車よりもお金の方がよいものだと、言葉にはせずとも子どもに断言しているようなものである。お金より自転車の方がうれしいと子どもが納得する方が、実は、よほど大事なのに。

富から確実に身を守りたいと思ったら、富とそのはかなさ、また富が持たらしかねないとんでもない行く末を心配の種にしないことだ。富から確実に身を守るには、お金に無頓着でいるにかぎる。お金に無頓着であるよう子どもをしつけるための方法はただひとつ。お金があるときに使うためのお金を与える、これに尽きる。こうすれば子どもは、痛みをおぼえることも悔やむこともなく、あっさりお金と別れる術《すべ》を身につける。そんなことをしたら、使えるお金があるのが当たり前になって、子どもはお金なしではいられなくなる、あくる日貧乏になったらその子はどうなる？　そんなご意見もあるだろう。しかしお金を使うことを覚え、いかに呆気なく手元から離れて行くものかを知ってしまえば、お金などなくても平気になるものだ。お金の実体を把握すれば、お金に畏敬の念を抱き、その存在をあたりに感じながらも視線を上げてその顔を直視することを許されなかった子どもの頃が嘘のように、お金なしでいるのがなんでもなくなる。

子どもが学校にあがると、親は待ってましたとばかりに、ちゃんと勉強したらご褒美にお金をあげると約束する。これは間違っている。崇高さとは無縁のお金なるものを、勉学や知識を得る高潔な歓びと同レベルに引き上げて一緒くたにしてはいけない。子どもにお金を与えるにあたって理由をかこつけるのはよくない。お金をあっさり受け取る術を子どもが身につけるべく、与える側もさりげなく渡すべきなのだ。お金が好きになるようにではなく、好きでなくても平気でいられるように、つまり、より精神的な真の願望をかなえる力がお金にはないことを子どもが納得できるように与えなくてはならない。褒美として、目標とすべき到達点のレベルに引き上げられたお金には、気高く重要な地位が付与されてしまう。それこそ、子どもの目にふれてはならないお金の姿である。これでは、努力に対する栄冠、最終目標がお金であるというまやかしの原理を、暗に断言しているようなものだ。お金はあくまで仕事に対する賃金と見なされるべきである。最終目標ではない労賃、ひとつの労苦に対する相応の評価なのだ。子どもたちの学業が賃金の対象にならないのは当然である。ちょっとした家事の手伝いやお使いに対してお金を渡すのも、さほど重大ではないにせよ、間違いである。私たちは子どもの雇用主ではないのだから。家のお金は、私たちのものであると同時に彼らのものでもある。ちょっとした家事労働や手伝いは、家族の生活に協力する自発的な行為として、無償で行われるべきだ。一般論として、褒賞でも罰でも、約束したり与えたりする際には慎重をきわめるべきだと思う。そもそも人生で、賞や罰を受けるのは、そう滅多にあることではない。犠牲を払ったところでたいていなんの褒美ももらえないし、悪行が罰せられないこともざらにある。罰せられないどころか、うまい結果に終わって金儲けにつながり、華々しく報われることすらある。だから子どもたちも、善は報われず悪は罰せられないということを、幼い頃から知っておくに越したことはない。それでもなお、善は愛し悪は憎まねばならないのだが、これについて筋のとおった説明をするのはきわめてむずかしい。

子どもの学校の成績を、親の多くは何の根拠もないままに、すごく重要だと思い込んでいる。そしてこれもまた、成功という小さな徳の尊重にほかならない。ほかの子たちに度外れて大きな後れをとることなく落第点をとらずにいればそれでよしとすべきなのに、それでは気が済まない。子どもが学校で好成績を収めて私たち親の自尊心を満たしてほしいと願っている。学校の成績が芳しくないと、あるいはただ単に私たち親が絶対そうあってほしいと望むレベルに達していないと、子どもとのあいだにコンスタントな不服の壁を築き上げる。屈辱を嘆くがごときふてくされためそその声を絶え間なく子どもに投げつける。子どもはうんざりして、私たちから離れていく。あるいは子どもの援護射撃へとまわって無理解な教員に抗議し、子どもと連帯して不正の犠牲者をきどる。そして毎日、子どもの宿題を見てやる、というよりむしろ、宿題をする子どもと机をならべてともに勉強する。そもそも学校とは、子どもが私たちから離れて単独で挑む、初めての戦いの場であるべきだ。そこは彼の戦場であり、私たちが援軍に駆けつけたところでその場しのぎにしかならず、何の役にも立たないお笑い種だというのは、はなから分かり切っているというのに。もしも不当な扱いを受けたり理解してもらえないといったことがあれば、そのときには、それが少しも不思議なことではないと子どもに分からせてやる方が大事なのではないだろうか。人生において、理解されなかったり認めてもらえなかったり不正の犠牲になったりするのは日常茶飯事だと覚悟しておかなくてはならない、唯一忘れてならないのは、私たち自身が不正を犯さないことなのだ、と。私たちは子どもを愛しているから、子どもの成功と失敗を彼らと分かち合う。しかし、子どもが成長するにつれて、彼らも同じような方法で、また同じくらいの度合いで、私たちの成功と失敗、歓びと悩みを分かち合うようになる。勉強に力を最大限発揮して学校の成績を上げるのが、私たち親に対する子どもの義務だというのは嘘である。勉学へと彼らを仕向けたのが私たちなのだから彼らの義務はただ前を向いて進むことだけだ。もしかすると、とっておきの才能は、学校ではない別の場所で発揮したいのかもしれない。カブト虫採集とかトルコ語習得とか、胸おどる何かほかのことで頑張りたいのなら、それは彼らが決めることだ。プライドを傷つけられたとか、期待を裏切られたとか言って親が子どもを咎める権利はどこにもない。もしも、とっておきの才能を当面どこにも発揮しようという気がなくて、来る日も来る日も日がな一日机に向かってペンを齧っているとしても、私たちに彼らを怒鳴りつける権利はない。ただ、だらだらしているだけに見えても、もしかすると実は空想と思考を巡らせており、それが明日には花を咲かせるかもしれないのだから。ソファーに深々とうずくまってくだらない小説を読みふけったり[*1]、原っぱでサッカーに夢中になってせっかくのエネルギーと才能の精華を無駄にしているように見えることもあるだろう。それでも、力と才能が果たしてほんとうに無駄に費やされているのか、それとも、明日にはこれが私たちのまだ知らないなんらかの形をとって実を結ぶのか、なんとも判断のしようはない。精神の内に潜む可能性は果てしなく大きいのだから。なにはともあれ、私たち親が慎まなくてはならないのは、うまくいかないと言って取り乱すことである。怒鳴りつけるにしても、嵐か突風のごとく、すぐさま過ぎ去るようでなくてはならない。私たちと子どもとの関係そのものに翳りを落とし、澄み切ったおだやかさをかき乱すようなものは、なにひとつあってはならない。子どもが失敗して落ち込んでいるときに慰めるために私たちはそこにいる。失敗して立ち直れずにいたら励ますためにそこにいる。そしてまた、成功して好い気になりすぎていたら頭《ず》を低くさせるためにも、私たちはそこにいる。学校というのがつまらない狭い世界であって、将来を託せるものとはほど遠いこと、どれかを選べばいずれ役に立つかもしれない手段をいくつか提示してくれる、それだけの場所にすぎないことを分からせるために、私たちはそこにいるのだ。

子どもを育てるにあたって心にとめておくべきは、生きることへの愛を子どもが決して失わないようにすることだ。人生に向ける愛は、さまざまな形をとりうる。ひとりぼっちで内気でやる気がないからといって、その子が、人生への愛を欠いているとか生きることへの不安に苛まれているとはかぎらない。ただ単に、自らの天職に向けて態勢を整えようと懸命に準備しているだけなのかもしれない。そもそも、人生への愛の最大の表現でないとしたら、いったい何が人間の天職だろう。まだ準備期間中なのであれば、彼の天職が目を覚まして具体的な形をとるのを、傍らでじっと待つしかない。彼の動きが、死んだふりをしてじっと動かないモグラかトカゲみたいに見えるにしても、実は、察知した虫の動きをじっとうかがっていて、いざとなったら突如跳びかかるかもしれない。私たちは彼のそばにいて、でも少し距離はおいて言葉はかけず、彼の心が一気に跳びはねるのを待たねばならない。何も強要してはならない。天才であってほしい、芸術家であってほしい、英雄もしくは聖者であってほしいと、求めることも期待することもあってはならない。そしてまた、あらゆる事態を覚悟しておく必要がある。忍耐強く待ったあげくに訪れるのは、きらきら輝きを放つ運命かもしれないし、めっぽう地味な運命かもしれない。

天職。それは、お金を度外視して、燃えたぎる一途な情熱を注ぎ込むもの、ほかの人より上手にできるし何よりも愛していると自覚できるなにかである。裕福な家の子が、お金にいっさい束縛されず自由でいるのを可能にしてくれるものは、天職しかない。それさえあれば、ほかの子の前で、金持ちだからと、天狗になることもなければ卑屈になることもない。自分の身なりにも、まわりの子の服装にも頓着しない。明日には文無しになっているかもしれない。彼が飢えと渇きをおぼえるものは、彼自身の情熱以外に何もないのだから。その情熱が、取るに足らないかりそめのものはすでに残らず食いつくし、幼少期に染まった縮こめられた仕草や態度まですっかりひっぺがして、ひとり堂々と彼の精神に君臨しているだろう。天職だけが、人間の真の救いであり、豊かさなのだ。

子どものなかに天職の産声を呼び覚まし、育っていくのを後押しするために私たちができることは、いったい何なのだろう。選択肢はあまり多くないけれど、それでもきっといくつかはあるはずだ。天職が誕生し育っていくためにはまず、空間が必要である。空間と沈黙、寛闊《かんかつ》な距離をとったうえで自由に選択された沈黙。私たちと子どもとの関係においては、思っていること、感じていることが、活発にやりとりされるべきである。しかしそうでありながら、そこにはまた、深い静寂の領域もなくてはならない。親密な関係であるべきだけれど、子どもの心の深みにまでずけずけ闖入してはならない。沈黙と言葉のバランスがとれた関係でなくてはならない。私たちは子どもから一目置かれる存在であるべきだけれど、目の上のたん瘤《こぶ》になってはいけない。彼らに多少は好かれているべきだけれど、好かれすぎるのはよくない。親と同じようであろうとか、同じ仕事について親を喜ばせようとか、親と似た人を人生の伴侶に選ぼうとか、そんな考えが子どもの頭にふと浮かんだりすることがあってはならない。子どもとは、友好的な関係にあるべきだが、だからといって仲が良すぎるのはよくない。子どもが、親には言わないことも話せるような本当の友人を持つのを妨げてしまうかもしれないから。子どもの友人探し、恋愛と結婚、信仰、天職探し、これらは私たち親のいないところで、沈黙と影に包まれてなされるべきである。しかしそれでは、私たち親と子どもの親密な関係は、ほとんどないも同然になってしまうとおっしゃる向きもあるだろう。しかし、子どもとの関わりにおいては、信仰、知的活動、恋愛、人を見る目といった大事なポイントについて、すべて要点だけを把握しておけばよい。子どもにとって、私たち親は単なる出発点であるべきだ。子どもが羽ばたく踏みきり台であればよい。そして必要とあらば援助に向かう。子どもは、自分たちが親の所有物ではないけれど親は子どもの所有物であり、いつなんどきでも役に立つ態勢にあると認識しておくべきである。近くに待機して、あらゆる問いかけに分かる範囲で答え、いかなるリクエストにも迅速に対応する用意が、こちらにはいつでもできている。

私たち親自身にも天職[*2]があって、それを裏切ることなくこれまで永年にわたって愛し続け、情熱を傾けて尽くしてきたのであれば、所有物意識は心からかなたに追いやって、子どもに愛情を注ぐことができる。しかし、天職を持たない場合、あるいは持っていたけれど、ばかばかしくなったり、生活の不安を感じたり、父親の愛情ゆえの偏見に阻まれたり、固定観念として私たちに取りついたなんらかの小さな徳に邪魔されて途中でやめたり放棄せざるをえなかった場合には、まるで水難事故に遭って木の幹にしがみつく者のように、必死になって子どもにすがる。これまで子どもに与えたものをぜんぶ返せと激しく要求する。私たち親が持っていないのに子どもが人生から手に入れたものはすべて私たちも欲しいのだ、と。あげくの果てには、天職だけが与えうるようなものまでことごとく子どもに要求する。一度生んだのだから、生涯ずっと生産し続けることができるとでもいうように、彼らが丸ごと私たち親の作品であってほしいと望んでいる。子どもが生身の人間ではなく、自分の魂が生んだ創作物であるとでもいわんばかりに、親は、子どもが完璧に自らの作品であることを欲する。しかし、私たち親自身が天職を持ち、それを諦めも放棄もしていなければ、私たちの目のとどかないところで、あるひとつの天職が芽を出し、必要とする影と空間に囲まれて静かに育ってくれるはずだ。子どもが天職を見つけるのを手助けしたいと思ったら、ありうる現実的な方法は、おそらくこれしかないだろう。私たち親自身が天職を持ち、それを理解し、愛し、情熱を傾けてそれに打ち込んでいることである。なぜなら、生きることへの愛が、生きることへの愛を生み出すのだから。

訳注

＊1　余計な詮索ではあるのだが、サッカーに夢中になって才能を無駄にしているかに見える少年の姿はナタリアの一番下の兄アルベルトと重なる。親を心配させたあげく医学部を卒業し、開業医として成功した。

＊2　「子どもに探し当ててほしいもの」、また「そのために親自身が持つべきもの」には、ともに「天職 vocazione」の語をあてている。ナタリアが説明しているとおり、ここでは「お金を度外視して情熱を注ぐことができるもの」を指しており、必ずしも生活の糧としての仕事である必要はない。

訳者あとがき

本書は、Natalia Ginzburg, *Le piccole virtù*, Nuovi Coralli 21, Giulio Einaudi editore, Torino 1962 の全訳である。須賀敦子は、ギンズブルグの代表作『ある家族の会話』（*Lessico famigliare*）の翻訳新装版のあとがきに、「この人の作品に出会わなかったら、自分は一生、ものを書かなかったかも知れない」と記した。本書『小さな徳』は、須賀に「記憶を文章に変質させるにあたって、手法の秘密のようなものを教えてくれた」、このイタリア人作家のエッセイ集第一弾にあたる。一九四〇年代から六〇年代にかけて執筆した十一編を収めた本書には、「本当は自分のことを語りたくない」著者の前半生が凝縮している。

第一部と第二部の分類は著者自身による。第一部では、二十代から四十代半ばにかけての著者の記憶が、あるいは抒情に、あるいは洒脱なユーモアに包《くる》まれて、軽やかにテンポよく語られる。第二部では、少女時代を経てファシズムの戦火をくぐりぬけた若き母親としての著者が、社会をユニークな視点で切り取りながらモラリストとしての声を響かせる。第一部、第二部とも、とりわけフィナーレに近づいたあたりに、ときおり息をのむような感動が、ひっそり待ち受けていることに気づかされる。張りつめた緊迫感。そしてそれと同居する密度の濃いリリシズム。緊張と抒情のみごとなき融合は、読者として見逃したくない、本書の最大の魅力のひとつだろう。

ナタリア・ギンズブルグは一九一六年七月十四日、父親の勤務先であったシチリアのパレルモで生まれた。もの心がつくかつかないかのうちに家族とともに北イタリアのトリノに移り、この大都会で幼少期と少女時代を送る。二十一歳で結婚してまもなくイタリア中部アブルッツォ州で三年ほど過ごしたのち、戦後は一時期をトリノで、あとは約三年のロンドン滞在を除いてローマに暮らし、一九九一年十月八日、当地で亡くなった。七十五歳だった。晩年の十年ほどは、小説やエッセイの執筆とフランス文学の翻訳に加えて、新聞のコラムや戯曲にも力を注いだほか、左派無所属の下院議員として、社会に向けての発信も怠らなかった。

『小さな徳』の巻頭を飾るのは、流刑地での日々を綴った「アブルッツォの冬」である。

反ファシズム活動で知られ、結婚前にも逮捕収監されたことのあった夫レオーネ・ギンズブルグの流刑に伴ってナタリアは故郷を離れ、ふたりの幼子を連れてアブルッツォの小さな村にやって来る。トリノとは大違いの寒村暮らしに都会育ちの若妻がそう簡単に馴染めるはずはない。家族が流刑地を離れて間もない冬の夫の死から、一年も経ずして書いたこのエッセイにおいてナタリアは、当時を過去のものとして切り離し、客観的にふり返ろうと努める。流刑生活の負の側面は家の天井に描かれた自由に飛び回れない鷲の姿のみに集約し、歴史の片隅に追いやられた刺激もなく退屈なこの村で、子育てのかたわら夫と文学を語った「神が作りたもうた平和のひととき」「人生最高のとき」をふり返る。軟禁状態にあった夫レオーネも、この寒村暮らしのあいだに翻訳など自分の仕事に集中することができた。夜、子どもが寝ついた後、ナタリアとともに仕事に向き合える時間が「またとない最高のとき」であると、レオーネはかつての仕事仲間に宛てた手紙に綴っている。

雪景色、教会の鐘の音、村人たちの声や仕草、さらに子豚の鳴き声にまで、しっとりした抒情を浸み込ませながら、ナタリアは村人に温かい視線を注ぐ。ちなみに本書十一編中、名前とともに描かれる生身の人間といったら、ジジェットやドメニコ・オレッキアらこの村で出会った人びとのみ。小説の登場人物などを除けば、ほかにはひとりもいない。具体的な人名も詳細な地名も明かさないこのエッセイ集は、一見したところ、表面がぼんやりと霧に覆われている。まるでナタリアが育ったトリノや須賀敦子が愛したミラノの風景のようだ。しかしじっと目を凝らすうちに、著者の言わんとするところが明確な輪郭とともに霧のなかから浮かび上がってくる。曖昧さに包まれた著者の明確な意図。これもまた本書の見過ごせない魅力だろう。

兄たちの友人であったレオーネとの出会いについては、第二部「人間関係」や「私の仕事」において霧に包まれて語られるが、「アブルッツォの冬」では、彼とのあまりにも苛酷な別れが、あまりにも淡々と述べられる。

「夫は、ローマのレジーナ・チェーリ刑務所で亡くなった。私たちが村を離れて何か月も経たないうちのことだった」

彼女が目指した「女が陥りがちな自叙伝風の冗長な文体の回避」が、みごとな簡潔さのうちに達成されたこの書きっぷりは、本書の一年後に出版された『ある家族の会話』にも健在だ。

「社長は自分の部屋にレオーネの写真をかけていた。うつむき加減で、眼鏡が鼻のうえで少しずれていて、黒くて濃い髪、頰には深いえくぼのきざまれた、女性のような手をした彼の写真であった。レオーネはドイツ軍占領下の凍てつくような二月のある日、ローマのレジナ・チェリ刑務所のドイツ棟で亡くなったのだった」(須賀敦子訳)

レオーネの勤務先であったトリノの出版社エイナウディの、戦後の社長室の描写である。「アブルッツォの冬」ほどそっけなくはないものの、感情を表す語彙は皆無。事実のみをもって夫の死を伝えている。この文体を、須賀敦子は「省略の詩学」と呼んだ。

「ナタリア・ギンズブルグの小説を支えるのは、抒情性を本質とした言葉の詩学であり、それが、本来なら対極的、すくなくとも異質と考えられる現代史の叙述と平行してひとつの世界をかたちづくっている」（須賀敦子「ナタリア・ギンズブルグの作品 *Lessico famigliare* をめぐって」）

ナタリアの小説についてのコメントだが、抒情性をもって、抒情性とは相容れないはずの現代史を語ることにより独自の世界を築いているという須賀の指摘は、「アブルッツォの冬」をはじめとして、ファシズムと戦火の記憶が鮮明な第二部の「人間関係」や「人間の子ども」にも当てはまると思う。

ファシズムが終わりを告げて間もない一九四四年秋。夫に先立たれたナタリアは、子どもを親元に預けて、ひとり、解放後のローマにもどる。三児を抱えて、今後、生活の糧を得ることができるのか、生前のレオーネの勤務先エイナウディのローマ支社で感触を確かめる。第二の人生の最初の一歩をどんな靴で踏み出すか。言葉と文章を武器として自分の道を歩むのにふさわしい靴を見つけなくてはならない。その頃のことを書いたのが「ぼろ靴」。須賀敦子著『ユルスナールの靴』「プロローグ」冒頭の一節を思い出させずにはおかない一編である。

「きっちり足に合った靴さえあれば、じぶんはどこまでも歩いていけるはずだ。そう心のどこかで思いつづけ、完璧な靴に出会わなかった不幸をかこちながら、私はこれまで生きてきたような気がする。行きたいところ、行くべきところぜんぶにじぶんが行っていないのは、あるいは行くのをあきらめたのは、すべて、じぶんの足にぴったりな靴をもたなかったせいなのだ、と」

戦時中、「いつ逃げても大丈夫なようにずっと靴をはいたままで寝た」という須賀は、戦争体験と同じく、靴へのこだわりもナタリアと、そして敬愛するもうひとりの作家マルグリット・ユルスナール（一九〇三～八七）とも共有していた。生まれて間もなく母と死別したユルスナールの幼い頃の、靴を「左右反対にはかせられているように」見える写真に目をつける。しかし、「じぶんでじぶんの靴の面倒がみられるようになってからは、生涯、ぴったりと足に合った靴をはいた、それ以外の靴をはこうとしない部類に属する人間として出発したのだったろう。ずっとあとになって、［……］ユルスナールは、足にぴったりという感じの、良家の夫人然としたサンダルをはいている」（『ユルスナールの靴』）

「ぼろ靴」は、ナタリアが人生で初めて家族と離れたこの時期に、親からも子育てからも一時的に距離を置いて自由と独立の味を嚙みしめつつ、好きな仕事をしながら生きることを目指す若き母親の「自由気ままな人生讃歌」と読める。そう読まれることをナタリアは期待しているし、その期待に、二十代とは思えない筆さばきがしっかり応えている。もちろんこのときのローマには、新しい出会いなど、たのしい出来ごともあった。しかし、夫を理不尽に奪われた悲しみと苦悩は、そう易々と癒えるものではない。「ぐっすり眠りたかったのか死にたかったのか、自分でも分からない」というほど大量の睡眠薬を飲んだこともあった。そんな危機を救ったのが、ぼろ靴の味を共有する女友だちアンジェラ・ズッコーニだった。カウンセラーを訪ねる第二部「沈黙」のエピソードも、実はこの時期のものである。カウンセリングは親にはもちろん内緒。お金を払って話を聞いてもらうなど、父が知ったらどんな怒声を上げることか。当時のこんな崖っぷちの実情はしかし、軽快にしてコミカルな「ぼろ靴」の表面を覆う霧の背後に隠されている。

ともあれ、今嚙みしめるのは「なくてもすむものはいらない」気ままな人生の味。穴のあいた靴でちゃんと歩けるのだから頑丈な靴などいらない。自分の子どもにも是非、ぼろ靴の醍醐味を知ってもらいたい。ひしゃげた靴こそ自由な人生のシンボルなのだ。しかし、子育てする親の側にたってみると、しっかりした靴で歩く堅固な人生の道を、やはり指南すべきなのか。鬱陶しい存在であるべき親たるものの責務など、話題のつきない女友だちとの会話は深夜にまで及ぶ。歳をとったら、ひとりは金のバックルつきのグリーンのカモシカ革の靴をはいた老作家となり、もうひとりはたぶんぼろ靴の味が相変わらず忘れられずにいる自分たちの姿を想像する。「もうすこし老いて、いよいよ足が弱ったら、いったいどんな靴をはけばよいのだろう。［……］その年齢になってもまだ、靴をあつらえるだけの仕事ができるようだったら、私も、ユルスナールみたいに横でぱちんととめる、小学生みたいな、やわらかい革の靴をはきたい」（同前）と言う須賀が、もしもこの場に加わっていたら、三人の会話は、間違いなく翌朝まで続いていただろう。

ところで、ナタリアが失った大切な人はレオーネだけではなかった。詩人であり作家であったチェーザレ・パヴェーゼ（一九〇八～五〇）も、彼女の前からとつぜん姿を消した。「ある友人の肖像」は、霧の町トリノをこよなく愛した親友に捧げる挽歌である。もっとも、これを書いたのは友人の衝撃的な死から七年を経て後のことであり、再婚後彼女がローマに移り住んですでに五年が経過している。彼女にとってはトリノの町も、もはや過去のものとなっていた。トリノの記憶とないまぜにしつつ、友人にも故郷の風景にも、ナタリアは別れを告げる。町角に潜む友人の孤独な影が、細やかな人物描写のうちに鮮やかに浮かび上がる。子どもじみた言動にはらはらし、やんちゃ坊主の頑固さにムカつくこともあったけれど、しかし今、詩人の底知れぬ人間性のうちに潜んでいたかけがえのないものを振りかえる。追悼文でありながら、身近な友人にして同業者であったからこそ誕生した、無類の「詩人パヴェーゼ論」である。戦後、ナタリアはパヴェーゼと、エイナウディ社の同僚となった。当時の仕事仲間を、別のエッセイ集などでも懐かしく回顧している。なかでも頻繁に熱く言葉を交わしたのは一九四〇年代初頭からエイナウディ社の仕事をしていたフェリーチェ・バルボ（一九一三〜六四）だった。「著者序文」で名前を伏せて本書を捧げた、彼女の親しい友人である。彼もまた、五十歳そこそこで病気のためナタリアの前から姿を消した。

ナタリアの円熟した筆は、イギリス観察記二編にさらなる輝きを見せる。「イギリスに捧げる讃歌と哀歌」は、「イギリスは……」と反復する冒頭のリズムが全体の小気味よいテンポを予感させる。イタリアにはおよそ期待できないイギリスの秩序の素晴らしさをまずはたっぷり称賛し、しかる後に、侘しさばかりが目につく救いがたいロンドンの町並みをたっぷり揶揄してみせる。ナタリアが子どもの頃、食卓でのマナーが悪いと、イギリスのレストランなら追い出されるぞ、と父の怒声が響いた。「イギリスを、父はなによりも尊敬していた。文明世界を代表する、最も偉大な国がイギリスだと父はかたく信じていた」（『ある家族の会話』）。イギリスにはファンタジーもなければシニシズムもないと言い切るナタリアに、イギリス崇拝の父の記憶は、なにを語りかけていただろうか。ちなみに一九六〇年代初頭のこの時期、母はすでに他界し、父はトリノで八十代終盤を迎えている。

そしてイギリスの食文化は、イタリア人ナタリアの許容の限界をやはり超えていた。「メゾン・ヴォルペ」には、痛快な言葉さばきによる戯画化の味わいに四十代を迎えた著者の余裕のほどが見てとれる。肩の力を抜いて楽しめる比較文化論といったところか。しかし再婚した夫とのあいだに生まれた一歳になって間もない息子がロンドンで病死したのは、ちょうどこの頃である。実生活でのそうした悲しみを微塵も感じさせない力強いユーモアの連鎖。第二部「私の仕事」で展開した「渾身の作品を書いているのであれば、幸せも不幸せも、日常の感情はことごとく息をひそめて眠りにつくはずだ」という自らの創作論をこのエッセイでも体現し、本書を貫くテーマのひとつである「人生を愛する」術を、強靭かつ柔軟な姿勢でわがものとした達人の顔がある。

年代は前後するが、レオーネを失った直後のナタリアには、ふたつの決意があった。ひとつは、しばらく家族と離れてひとり暮らしをすること。そしてもうひとつ、今後は旧姓ナタリア・レーヴィにもどるのではなく、ナタリア・ギンズブルグを名乗ること。一九五〇年に若き英文学者ガブリエーレ・バルディーニと再婚した後も、ギンズブルグ姓で執筆を続ける。

にぎやかなガブリエーレとの暮らしを語った「彼と私」は、カリカチュアと紙一重の軽快な人物描写が光る白眉の一編だ。なにごとにつけ対照的な夫と妻を「彼はA」「私はB」と二項式で反復するリズムが、イギリス論をさらに上回る戯画化に貢献している。グズな「私」は「彼」の常軌を逸したせっかちぶりに呆れ、周囲への配慮の欠如を咎める。ふだんは尊大なくせに相手が警察のときだけ見せる卑屈な態度を揶揄する。それでいながら底流にはつねに、「私」の「彼」に対する深い敬意と愛情が行間のすみずみにあふれている。しかし、さりげなく挟み込まれたフレーズのなかには見逃せないものもある。たとえば、なんということのない夫婦喧嘩で泣いてみせる自分を戯画化したくだりの「ほんとうに辛いときには私は決して泣かない」の一言。二十年近く前にレオーネの遺体と対面した「ほんとうに辛いとき」のナタリアの姿が、ガブリエーレとの陽気な暮らしのなかに、なんの違和感もなくつねにひっそり佇んでいるのが見えるような気がする。「アブルッツォの冬」には、結びでレオーネの死を読者に告げたあと、「いったいこれが、私たちの身に起こったことなのか」といぶかる一文があった。「彼と私」では、出会ったばかりのローマを並んで歩く、ちょっぴり気取ったふたりについて「あれはいったい、私たちだったのだろうか」と首をかしげる。気分は対照的だが、第一部の最初と最後のエッセイの締めくくりが、妻であり、女性である著者の姿を浮き彫りにしたシンメトリーを成しているのは、偶然ではない。

二十世紀イタリアを代表する作家イタロ・カルヴィーノは、「彼と私」を、客観性とアイロニーをモチーフとした非の打ち所のないエッセイであると評し、対照的なふたりのキャラクターがコメディータッチの文体に後押しされて優しさあふれる一編の詩に姿を変えている、夫婦のありようがこれほどの愛を込めて語られるのは珍しいと言った。

カルヴィーノはまた、『小さな徳』全編に漂う著者の「女性らしさ」に注目する。娘時代のナタリアは「男のように書きたい」と言っていたのだが……皮肉だろうか？　否、そうではない。カルヴィーノは、ナタリアの「女性らしくない女性らしさ」を的確に理解していた。カルヴィーノによれば、ナタリアは、同情せずにいられない悲痛さをしばしば滲ませながらも、そっけないまでに現実的に人生の苦しみと歓びに立ち向かう女性であり、少女として妻として母としてつねに完璧に女性であり続けながら、感情に身を任せて情緒に流れることのない、女性作家として稀有の存在である。そう言って、女性ならではのナタリアの潔さに讃辞を送る。

『小さな徳』の出版が具体化する頃、カルヴィーノはエイナウディ社の編集担当者として、掲載するエッセイの選択や全体の構成などについてナタリアと詰めの相談をする。掲載順について、ナタリアは文体を軸に第一部と第二部を分け、出版直前に書き送った「彼と私」を全十一編の真ん中に置く提案をしていた。カルヴィーノは執筆年代順にして「人間関係」を中央にすえようと主張する。最終的にナタリア案に落ち着くのだが、そこに大きく作用したのは長男カルロの意見だった。二十三歳になったカルロは母の作品の厳しい読者かつ批評家であり、カルヴィーノ案を斥けるまでに成長していた。女々しいだのセンチメンタルだのといった苦言ですら、息子に言われると腹が立たないと、ナタリアはカルヴィーノ宛の手紙に書いている。

これらカルヴィーノとの関係にまつわる情報は、『小さな徳』新装版（二〇一二年刊）所収のドメニコ・スカルパによる解説と、サンドラ・ペトリニャーニ著『海賊――ナタリア・ギンズブルグの肖像』に、主に準拠している。後者は自分のことを語らないナタリアの実像を、関係者へのインタビューや関連文書の調査などで明らかにしてくれた嬉しい一冊だ。『海賊』というタイトルは、大作家ではないし普段は目立つこともないが、ひとたび姿を見せて発言すると影響力は大きい、そんなナタリア像を暗示している。

晩年のナタリアは政治の場でも注目される発言をした。その萌芽は『小さな徳』第二部のエッセイに見てとれる。

第二部では、「人間の子ども」「私の仕事」「沈黙」「人間関係」の四編が三十代で、最後の「小さな徳」が四十代を迎えたロンドンで執筆されている。「私の仕事」を除く四編にはまた、共通するサブテーマとして世代論が織り込まれ、娘の目に映った親世代の記憶をたどりつつ、親となった自分が子どもとどう関わるべきか、読者も含めたすべての人が共有すべき問題として提示する。「人間の子ども」には、ユダヤ系家庭の子としてファシズムの恐怖にさらされる少女の、その後十年もすると今度はわが子を戦火から守る若き母の、さらには戦争の現実をもの書きとしてどのように伝えるべきか提起するモラリスト、ナタリアの姿がある。「人間関係」は読みごたえ十分だが、なかでも終盤の、ドイツ占領時代末期の苛酷な記憶が漲《みなぎ》る張り詰めた緊迫感と、そのさなかにあって成しえた重大な〈発見〉の叙述は圧巻だ。

饒舌な自叙伝を嫌い「自分のことは書きたくない。書くとしても自分の世界から遠いものとして書きたい」と望んだナタリアは「私という個人」を抹消し、まるで他人《ひと》ごとであるかのように主体が曖昧な非人称的な世界を構築することに努めた。「人間関係」は、自らの幼少時から思春期の子を持つ母となった今にいたるまでの自分史である。語っているのは私個人のことなのに、一人称代名詞は一貫して複数形「私たち」で通し、語りの普遍化と客観化にこだわっている。

実際に交わされた書簡に基づく小説『マンゾーニ家の人々』の著者でもあるナタリアが、十九世紀の文豪アレッサンドロ・マンゾーニの歴史小説『いいなづけ』の、語り手における「私」と「私たち」の使い分けを意識していたのは想像に難くない。霜田洋祐著『歴史小説のレトリック――マンゾーニの〈語り〉』の第三章「〈語り手〉による一人称の使い分け」には、ナタリアの長男カルロ・ギンズブルグの著書も援用しての、歴史叙述に関する詳細な分析がある。マンゾーニの時代とは社会状況も異なるし、歴史小説とエッセイを同列にとらえることができないのは言うまでもないが、ひとりの私の「唯一性をぼやかし」て「客観性を演出する手法」は、どうやらナタリアも受け継いだようだ。

ナタリアの個人的な体験が、こうして客観性を演出する非個別化の霧に包まれる。これが著者の意図するところではあるのだが、読者としてはやはり具体的な背景を詮索したくなるものだ。一九六八年以降のナタリアの新聞コラムを集めたエッセイ集第二弾『決して私に問うてはならない』（一九七〇年刊）には『小さな徳』に比べると具体的な記述が多いのだが、現時点ではあいにく日本語訳が出版されていない。非人称化へのこだわりから解き放たれた四十代後半の筆になる前掲の自伝的小説『ある家族の会話』では、『小さな徳』への反動か、固有名詞が堰を切ったかのようにあふれ出している。「自分のこと」には相変わらず口が重いが、直接話法による話し言葉が多いので周辺の人びとの姿が具体的に浮上して、『小さな徳』の霧はだいぶ晴れている。これを頼りに、彼女をとりまく家族のことなどを少し確認しておこう。

父ジュゼッペ・レーヴィ（一八七二〜一九六五）はトリエステのユダヤ系家庭の出身で大学の解剖学教授。母リディア・タンツィ（一八七八〜一九五七）は、社会主義を信奉するミラノのイタリア人家庭に育ち、大学で医学を学んだこともある進歩的な女性だった。ふたりのあいだには、長男ジーノ（一九〇一生）、長女パオラ（一九〇二生）、次男マリオ（一九〇五生）、三男アルベルト（一九〇九生）、そして歳の離れた末っ子ナタリアがいた。ひとり子ども扱いされるナタリアは親や兄たちの会話が理解できない。突発的に始まる父と兄の、あるいは兄どうしの激しい喧嘩。家族は皆、同じ反ファシズム思想なのに、政治の話になるとなぜ大喧嘩になったのか、長じてナタリアは次兄マリオに尋ねる。答えは「親に反抗したかったから」。あるいは、兄のどちらが先にトイレに入るかを巡って激しい暴力沙汰になることもあった。かけがえのない家族なのに、『小さな徳』では、両親をまるで敵視しているかの末娘の視線がいささか気にかかる。わずかなトラム代を渡すたびに額に皺をよせ、無駄遣いはだめ、トラムに乗らずなるべく歩きなさいと諭す母親は、読者への好感度も決して高くない。しかし、映画やジェラート屋につれて行ってくれる母を、ナタリアはもちろん愛していた。母リディアは一九五七年四月のある夕刻、トリノの自宅に近い外出先で倒れ、二時間後に息を引き取った。連絡を受けたナタリアは、ローマから駆けつけたが間に合わず、最後の言葉を交わすことができなかった。そんな母への懐かしさを本書では、「きちんと整頓されたものが恋しくなるのは几帳面だった母を思い出すからか」と、「彼と私」の部屋の整理の話題にさりげなくかこつけている。

　もうひとり、オリヴェッティ社創業者である父カミッロの反ファシズム思想を受け継ぐ二代目社長アドリアーノ・オリヴェッティ（一九〇一〜六〇）にもふれておきたい。レオーネや兄ジーノとも親しく、姉パオラと夫婦だった時期もある。また「ぼろ靴」の女友だちアンジェラ・ズッコーニと仕事を共にしたこともある、ナタリアにとって近しい存在だ。ナタリアが幼い頃から、だれかが逮捕されそうだとか亡命の援助が必要だとか、そんな節目ごとにトリノのレーヴィ家にふと姿を見せた、寡黙ながら頼りがいのある人物だ。ローマでレオーネが逮捕されたときのことについても、本書の「人間関係」に具体的な叙述はない。このときナタリアに手を延べたのがアドリアーノだった。レオーネが自宅にもどらなかった翌朝のことが、『ある家族の会話』にはこう記されている。

「翌朝、アドリアーノが家に来て、すぐにその家を出るようにと言った。やはりレオーネは捕まったのだった。いつ警察がやってくるかもしれない。私が荷物をまとめ、子供たちに着替えさせるのをアドリアーノは手伝ってくれた。そしてひそかに家を出て、私たちをかくまってもよいと言ってくれた友人のところに行った。

　北にいる、ひょっとしたらもう二度と会えぬかもしれない父母たちのことを考え続けた孤独と恐怖の長い時間の果てに、あの見なれた幼なじみのアドリアーノがあの朝、私の目の前に現れたときの深い安堵の気持を私は生涯忘れないだろう。そして部屋から部屋へ散らかった私たちの衣類や子供たちの靴などを次つぎと背をかがめてひろい歩く、謙虚で慈愛に満ちた、忍耐強い善意にあふれた彼の姿を私は決して忘れることがないだろう」（須賀敦子訳）

　こうして三人の子どもとともにローマの隠れ家を後にしたナタリアは、この後アドリアーノの知人宅や修道院に身を寄せながらの逃亡生活を余儀なくされた。

「私の仕事」も、早熟な文学少女がプロの作家となるまでの自分史であるが、一般化には向かない話題なので、さすがにこれは「私たち」ではなく「私」を主語とした個人の物語として語られる。「仕事」とは、夢中になって打ち込めるもの、向き合うのが楽しいことであり、それができない状況に置かれると「故郷を追われた流刑者か亡命者の気分になる」ものを指す。故郷を追われた気分とは、後に「人生最高のとき」と回想するものの、そのただなかにあっては負の側面も少なくなかった流刑生活を体験したナタリアが、繰り返し用いる比喩である。

少女はまず詩の創作に夢中になり、やがて小説に取り組んで自分で書いたセリフにうっとりしつつ文学賞受賞を夢にみる。詩を鼻でせせら笑った兄と違って彼女の作品を評価し、才能を認めてくれたのはレオーネ・ギンズブルグだった。もっとも、彼女渾身の初短編「留守」を「クローチェに読んでもらおう！」とレオーネに見せたのは、妹の作品の最初の読者たる次兄マリオだった。ちなみにベネデット・クローチェ（一八六六～一九五二）とは、批評してもらおうと少女ナタリアが自作の詩をこっそり送りつけて返事をもらったことのある、イタリア屈指の思想家である。荷車の上で黄昏の空を鮮やかに映し出す鏡と出会った至福の瞬間はきっと、間もなく夫となるレオーネと共に町はずれを散歩していたときのことに違いない。

「私の仕事」はまた、書き手の実生活における感情と作中人物の感情との関わり、書き手が幸せなときと不幸なときで登場人物への惻隠の情がどう変化するかなど、自らの体験を反映させつつ根本的な問題を掘り下げた独自の創作論ともなっている。

エッセイ集の表題作でありトリを飾る「小さな徳」は、世代を超えて読みたい子育て論である。

　高邁な「大きな徳」と実質的な「小さな徳」。親として子どもに身につけてほしいのはやはり、英雄たるにふさわしい「大きな徳」である。しかし「大きな徳」は危険を伴うこともある。そこで親はつい、経験と知恵があって初めて身につく現実的で合理的な「小さな徳」を優先的に教えてしまう。しかし「大きな徳」をないがしろにした「小さな徳」には、とんでもない落とし穴があるとし、ナタリアはまず「貯金」を禁止し、お金に無頓着でいることを推奨する。大事なのは貯めこまずにすぐにその場で使うこと。そういえば、小説を書くにあたっても同じことを言っていた。ひらめいたアイディアはすぐその場で使わないと、使い道がなくなってけっきょく無駄になる（「私の仕事」）。大切にすべきは「貯めこまない精神」なのだ。そのための金言は「己は節度を守り他者には寛大である」こと。これはまさに、握手やたばこにはケチだったけれど、必要とあらばいきなりポンとお金をくれた、あの友人パヴェーゼの姿ではないか。「持っているお金にはこだわりがあるから別れるのは辛い。でもいったん手放してしまったら、そのとたんにもうどうでもよくなる」（「ある友人の肖像」）。こんな大きな徳を、彼女はこの詩人から学んでいたのだ。

　お金と並ぶもうひとつの話題は、学校との適正なつきあい方。学校の成績にこだわるのは「小さな徳」。学校に過剰な期待をかけることなく、自分のやりたいことを自分で見つける、すなわち「天職《ヴォカツィオーネ》」を自らの手で探りあてる力を身につけるのが「大きな徳」である。親がなすべきは、そのための環境をそっと整えてやること。騒ぎ立てず静かに、子どもとじゅうぶんな距離を保ってひたすら見守る姿勢を維持すること。彼らの世界を侵食することなく邪魔をしないための必須条件は、親自身が天職を持っていることだと言う。これを書いたとき、長男カルロと次男アンドレアはすでに二十代、娘アレッサンドラも十七歳になっている。子どもが進むべき道を決めようという時期を迎えて、ナタリアは、もの書きという天職に恵まれたわが身を神に感謝しつつ、彼らに接近しすぎないよう自らに言い聞かせていたのかもしれない。レオーネとのあいだの三人の子はみな天職探しに成功した。長男カルロは『チーズとうじ虫』などの著書で知られる世界的な歴史学者となり、次男アンドレアは経済学者として教授職についた（二〇一八年三月にボローニャで他界。七十七歳）。長女アレッサンドラは精神分析学者でありフランス文学者でもある。

しかし、「天職を持つべきだ」と言われても、親たるものだれしも「天職」と誇れる仕事に恵まれるとはかぎらない。ここで言う「天職」とは「夢中になれること」、「やっているとたのしいこと」であり、必ずしも収入に結びつく生業である必要はない。

「人生を愛する」ことをモットーに、大きな悲しみを生きる原動力へと静かに変換させた作家ナタリア・ギンズブルグの姿勢には、だれしも敬意と共感を覚えずにいられない。ウンベルト・サバの詩「ミラノ」から「人生ほど、生きる疲れを癒してくれるものは、ない」の一節を『コルシア書店の仲間たち』の巻頭に引用した須賀敦子は、言うまでもなくその筆頭だろう。

「須賀敦子の本棚」シリーズの一冊として、この翻訳のお話をいただいたのは二〇一七年三月のことだった。『小さな徳』を、こうして読者の皆さんにお届けすることができるのは、訳者の大きな歓びである。が、本棚の主に納得してもらえる訳文に果たしてどれほど近づけることができたか、甚だ不安であるのは言うまでもない。著者ならではの選りすぐられた言葉とバランスのとれたリズムに、読者として身を任せるのは心地よい。しかしそれを日本語に置き換えようとすると想像を超えた困難につき当たる。行間をきちんと読み繫ぐことができているか、選び抜かれたフレーズにどんな訳語をあてるか、また、その意図的な反復をどこまで忠実に訳文に移し替えるかなど、戸惑うことの連続だった。ナタリア・ギンズブルグの小説やエッセイを、訳者はこれまで社会人向け講読クラスや大学の授業で何度かテキストにとりあげた。小説『町へゆく道』『ヴァレンティーノ』『射手座』など、それぞれ個性的な登場人物とストーリーの思いがけない展開が新鮮で、受講生とともにサスペンスの醍醐味すら味わった。『小さな徳』からも「アブルッツォの冬」など何編かを読み、ピッツォリ村への好奇心抑えがたく、ある夏、この小さな村を訪れもした。思えば、講読クラスでいちばんラクをするのは講師である。日本語の文に置き換えてくれるのは受講生だから講師はそれを聞いていればよい。しかし内容は理解しても、それを適切な日本語訳にしたてあげるのが一筋縄ではいかないのがナタリアの文章だということが、今になって初めて身に染みた。訳文を作る受講生の苦労はどんなにか大きかったに違いない。楽しくおつきあいくださった日伊協会やNHK文化センターの講読クラスの皆さん、慶應義塾大学の学生たちに、遅まきながら感謝の意を表したい。拙訳が原文の味わいをあまりに損ないすぎていないようにと祈りつつ、ファシズム下を生きぬいたひとりの女性の人間性が滲む思考と、ユニークな洞察を軸に据えた世界観、書く仕事を愛してやまないひとりの作家の若き精華が凝縮したこの『小さな徳』が、幅広い層の日本の読者に愛されることを念じてやまない。

ナタリア・ギンズブルグの日本語訳は、『拝啓ミケーレ君』(千種堅訳、一九八二年)の後、二〇〇八年までに、『ある家族の会話』『マンゾーニ家の人々』『モンテ・フェルモの丘の家』が、いずれも須賀敦子訳で出版された。その後二〇一四年から一六年にかけて、長編『わたしたちのすべての昨日』『夜の声』、中・短編集『町へゆく道』、そして本エッセイ集も『小さな美徳』として二〇一七年に、望月紀子訳で刊行されている。

翻訳にあたっては、大勢の方たちに助けていただいた。著者にからむイタリアでの出版事情など貴重な情報を提供してくださった中山エツコさん、一筋縄ではいかない文の謎解きを根気よく手伝ってくれたイタリア人の友人たちに、心からの感謝を捧げたい。すばらしい解説を寄せてくださった池澤夏樹さん、そして、本書翻訳の機会を与えてくださったうえ、訳者の力の及ばないところにまで頼りがいのある援助の手を延べてくださった河出書房新社の木村由美子さんには、数えきれないほどの貴重な助言をいただいた。篤く御礼を申し上げます。

二〇一八年七月

白崎容子

主な引用・参考文献

ナタリア・ギンズブルグ『ある家族の会話』須賀敦子訳、白水社、一九八五年

須賀敦子『ユルスナールの靴』河出書房新社、一九九六年

『須賀敦子全集　第1巻・第3巻・第6巻』河出書房新社、二〇〇〇年

霜田洋祐『歴史小説のレトリック――マンゾーニの〈語り〉』京都大学学術出版会、二〇一八年

Natalia Ginzburg, *Opere*, I Meridiani, Mondadori, 1995（『ギンズブルグ全集』全二巻／「まえがき」「解説」チェーザレ・ガルボリ）

Natalia Ginzburg, *Le piccole virtù*, Nuova edizione, Einaudi, 2012（ナタリア・ギンズブルグ『小さな徳』新装版／ドメニコ・スカルパ監修、「まえがき」アドリアーノ・ソフリ）

Natalia Ginzburg, *Mai devi domandarmi*, Einaudi, 1991/2001（ナタリア・ギンズブルグ『決して私に問うてはならない』／「まえがき」チェーザレ・ガルボリ）

Antonio Scurati, *Il tempo migliore della nostra vita*, Bompiani, 2015（アントニオ・スクラーティ『私たちの人生最高のとき』）

Sandra Petrignani, *La corsara: Ritratto di Natalia Ginzburg*, Neri Pozza editore, 2018（サンドラ・ペトリニャーニ『海賊——ナタリア・ギンズブルグの肖像』）

解説、あるいは人の口から出る言葉

池澤夏樹

二年前（二〇一六年）にトリノに行った時、迂闊にもぼくはこの町がナタリア・ギンズブルグに属することを忘れていた。講演やシンポジウムやレセプションの合間にスペルガ大聖堂などへ観光に連れていってもらったのだから、そこで彼女にゆかりの地をリクエストすれば、昔この人が育った家など見られたかもしれない（もっともぼくは元来そういうことをあまりしないのだが）。

幸いにもそれは気持ちのいい九月下旬のことで、彼女が「私たちの町は夏になると、がらんどうでだだっ広く見える」と書いた時期を過ぎて、人々が帰ってきた後だった。誰もいないのを見越してチェーザレ・パヴェーゼが自殺した日の一か月ほど後。まあこれは六十六年前の話だが。

気候は快適で、トリノ大学を吹き抜ける風は心地よく、人々は明るい顔で街路を行き来していた。軽い夕食をとホテルを抜け出す。路地に面して、日本で言えばお好み焼き屋のような雰囲気の店があった。ずいぶん賑わっているので入ってみる。大きな馬鈴薯を丸焼きにして、中のところだけマッシュする。そこに野菜やソーセージを混ぜたりハムを載せたりして再度オーブンで焼いてから供される。トッピングではなく具と呼ぶべき分量。日本だと丼ものという感じか。ワインを一杯添えても七・五ユーロ。

もっと上等なところでは、Sotto la Moleという店がおいしくて二度も行った。店の名の意は「モーレの真下」。たしかに国立映画博物館を収めるモーレ・アントネッリアーナの塔のすぐ近くだ。「野菜のスティック、クリーム系の軽い乱切りパスタ、豚の頰肉のシチューと馬鈴薯の添え物」と我がくいしんぼメモにある。

『須賀敦子全集』の表紙がルイジ・ギッリの「モランディのアトリエ」という写真だったことを思い出し、汽車で二時間半のボローニャまで行ってモランディ美術館を見ようかと思ったのだが、残念、その時間はなかった。

ナタリアはこの町のことを「風土そのものが陰鬱だ」と言うけれど、季節のせいか、あるいは観光客であるぼくの無責任のゆえか、それは感じ取れなかった。ここがチェーザレ・パヴェーゼ自身に似ているというのが正しいとすれば、ぼくはずいぶん機嫌のいい日の彼に会ったことになる。

もちろん時代が違う。現在、不穏な空気が濃くなっているとしても、少なくとも夫が拘束されてそのまま拷問の末に殺されるということはイタリアでは今はない。残された妻はずっとその記憶を負って生きた。その時のことを子細に書くのを拒み、単純な自分語りではない手法で文学を作ろうとした。レオーネとの結婚のことも『ある家族の会話』では実にさらりと書いているし、彼の死も二行で報告して終わり。

軽いのではない。重すぎるからこそさらっと書く。そういうことは自分自身に属する。そして自分を囲む人々を描きはしても、その群像に自分を含めはしない。自分はあくまで観察者であって行動者ではない。言ってみれば、彼女の世界には姿見がない。

後に須賀敦子が学んだのは、このやりかたならばエッセーか小説が書けると思わせたのは、対象となる人々と作家のこの距離の設定である。須賀敦子もペッピーノとの結婚のことはあまり書いていない。それは一方では阪神間の裕福な家に生まれ育った教養ある女性のたしなみだろうが、その抑制を超えて執筆を促したのはナタリアが作った手法ではなかったか。

その前に、こんな優れた作家になる前のナタリアを見よう。ぼくがこの本の中で最もおもしろいと思ったのは、また身につまされたのは、「私の仕事」だった。十歳の少女が文学者を志す。ものを書くことを仕事とすると決める。すばらしい。

ここで「仕事」はmestiereであってvocazione「天職」ではない。本来ならば「職業」に近い意味らしいが、ここではやはり「仕事」だろう。「職業」には生活の支えという側面があるけれど、ここではそれはないわけだから。

幼い時はまず詩を書いた。けっこうどんどん書けて、毎日一つは書いて、清書して手製の詩集を作った。作風は次々に変化し、最後にはダヌンツィオ風になったという。しかし本当に書きたいのは小説の方だった。

で、これを試みる。最初期の作品には、「ジプシー娘マリオン」があり、コミカルな推理もの「モリーとドリー」があり、更には「ダヌンツィオ風で語りは二人称。夫に捨てられる女の物語」で、タイトルは「ある女」。これには料理人の黒人女性も登場したという。

実物を読まないまま言うのだが、初心者の作だからいろいろ欠点があっただろう。いかにも稚拙だっただろう。しかし注目すべきは物語が彼女の中から湧いて出たことだ。日記めいた身辺がらみの雑文ではなく、まったく架空の主人公とプロットを備え、架空の場面描写が紡ぎ出される。

そして、タイトルは覚えていないけれど、「攫われる女の子と馬車のホラーばりのエピソードを織り込んだ込み入った筋立てのすごく長いもの」が書かれた。その中にとても好きな台詞があって、それが「ああ、イザベッラが行ってしまう」というもの。イザベッラなる女性への無意識の恋ゆえに登場人物の一人が口にする言葉である。ナタリアは何度となくこの台詞を口にして、そのたびに「歓喜にぞくぞくした」という。

最初期の創作、ぼくにも覚えがないではない。高校の時の女ともだちの家が学校のすぐ前で、昼休みごとにその家に行って応接間を借りて小説を書いた。主人公が誰かを追って日本からマカオに行き、さらにはヨーロッパに向かうという冒険小説だったのだが、プロットを実体化する人物もエピソードもまったく不足していたから、そのまま消滅した（最初から外国の地名が鍵というところが後のぼくを思わせておかしい）。しばらく後になって、戦争中、建物疎開で壊された風呂屋にタイルの破片を拾いにゆく子供たちという話を考えたが、これも実現しなかった。

ぼくのことはともかく、若いナタリアだ。入口が台詞というところが大事。「ああ、イザベッラが行ってしまう」だけでなく、他人の作品にあった「ジロンネの人殺し」とか、「わたくしが身につけているものはこげ茶色でございます」もつぶやくだけで幸せな心持ちになったという。

詩の才能と、物語＝小説、それに戯曲の才能がそれぞれたくさんあって、この三者が彼女の中で拮抗していたということなのだろう。架空の人物の口から漏れた一行のセンテンスが心の中で屹立する。その場に居坐っていつまでも動かない。そこから話が湧き出す。

一方で、登場人物の造形にも意を注いだ。「輝きとは縁遠くて取るに足らないタイプ」ばかり。それは現実と距離を置こう、どんな意味でも写生的なることを避けようという心の深いところの要請だったのだろう。まして自分の心情など人に知られてたまるものか、という一種の矜持。

大人になった彼女が喜んで書いたのも物語だ。依頼されて評論や新聞記事を書くのは苦手で「故郷を追われた人の気分」になるが、物語ならば「故郷にいる気分」だと言う。

須賀敦子は、「彼女（ナタリア）は、女性にありがちな、感傷的な自叙伝を書くのを非常に恐れていた。『男性のように書かなければだめだ』と考えていた彼女は、若い頃、つとめて自分の世界から遠いもの、自分とは違ったものの考え方をする人びとを描くことに、如何に専念し、努力をはらったかを語っている」と伝える（ナタリア・ギンズブルグ――人と作品についての試論）。

これはつまり日本近代文学史にいうところの自然主義私小説の全否定ではないか。この国でいい年をした男たちが何十年もの間、むきになって書いたものは他の国ならば「女性にありがちな、感傷的な自叙伝」とされるものではなかったのか。

自分を離れて小説を書くのはむずかしい。なんと言っても自分というのはいちばんよく知っている他人なのだから、これを突き放して絵空事を書くにはそのための意志と努力が要る。失敗に立ち向かう勇気が要る。

短篇をたくさん書いたところでナタリアは創作から一旦離れる。書けなくなったのだが、その理由が、「道で行き交う人の顔になんの興味も湧かな」くなったからだという。人間への、他人への関心が小説への促しだったから。以前は町で「シャツの代わりにマフラーを羽織った人」を見かけたところから話が生まれたのに、そういうことが起こらなくなった。

そう思ううちに子供が生まれ、育児に専念する日々が来る。その先に南の方の村で暮らすことになって（その理由が夫の流刑であったことを彼女はここで書いていない。これも自分の生活のことは書かないという自己に課した規則の応用か）、この状況に促されたのか、また執筆を始め、長い物語を書く。その幸福感を伝える言葉がいい――「言葉は洗いたてのように新鮮だった」とか、「たのしかった。すばらしい秋だった。毎日が幸せの極みだった」とか。これが『町へゆく道』という作品（未読）。

「私の仕事」を書いた時、ナタリアはほぼ三十三歳。レジスタンスに身を投じた夫レオーネが殺された六年後、次のガブリエーレとの結婚の半年前。トリノで暮らし、エイナウディ社で編集者として働いていた。

先のことを言えば、『ある家族の会話』が書かれるのは十四年後のことである。

では、何が十四年後に『ある家族の会話』をもたらしたのだろう？　今見るようなナタリア・ギンズブルグを作ったものは何だったただろう？

一九六四年、このエッセーを書いた十五年後、彼女は「愉快だから君と結婚したのさ」というタイトルの戯曲を発表している。刻苦奮励の果ての作ではなく、女優アドリアーナ・アスティと話しているうちに生まれた、「肩のこらない、軽いタッチ」のものだと須賀敦子は言う（ナタリア・ギンズブルグ──人と作品についての試論）。「おしゃべりで、気は好いが、少し頭の足りない彼女との論理的な対話を試みる人びと」の話だそうだ（ここでぼくは、フランソワ・トリュフォーの映画「アメリカの夜」に出ていたヴァレンティナ・コルテーゼの役柄を想起するのだが）。

その「少し頭の足りない彼女」はジュリアーナという「田舎出のふうてん娘」。これが良家の息子で弁護士であるピエトロと電撃的に結婚する。彼は新妻に向かってその理由を「愉快だから君と結婚したのさ」と言う。これがそのままタイトルになる。

人の口から出た言葉だからこそ意味がある。作者がこねあげた情景描写や思想や議論の類ではなく、論理的な思考をはぐらかす日常の軽薄な言葉。結婚の理由を聞いて「あなたって、ずいぶん軽薄よ」というジュリアーナの言葉にピエトロは「ぼくの帽子どこだい？」と応じる。この呼吸。

誰か架空の人物の言った言葉を思いついたところから創作が始まる。これと最初期の短篇の「ああ、イザベッラが行ってしまう」は同じ仕掛けではないか。

ナタリアは台詞を発見した。気づいてみれば台詞は世間のいたるところに満ちあふれ、人と人とを繋ぎ、社会を回すものであった。おそらく彼女はとても耳がよかったのだろう。だから周囲の人々の言うことをよく聞いて、それを記憶して、ずっと後になってから作品の中で用いた。観察者である以上に聴取者であった。

その集大成として『ある家族の会話』が生まれた。原題は Lessico famigliare。

レッシコは lexicon。語彙集、辞書、などの意で、英語で concordance というものにも似ている。例を挙げよう——シェイクスピアのコンコーダンスというと、彼が用いた語彙をすべて洗い出して、アルファベット順に並べ、更に頻度まで数え上げた一巻のレファレンス本である（あった）。かつてはひたすらカード作りから始まる労力の産物で、それだけで研究者の業績仕事だったが、今はコンピューターがさっさと作ってくれる。https://www.opensourceshakespeare.org/concordance/

『ある家族の会話』はこの家族のメンバーがそれぞれに使っていた言い回しの集大成、語録、口癖辞典、を基軸として書かれた家族史ということができる。

例えば、祖母の（まさに）語録——

「歯じゃねえんですっとさ」

「あの子はガス屋の嫁にされる」

「もう絵など描いていられない」

「ああ、毎日かならずなにかあるねえ。毎日かならずひとつはね。またドルシッラが眼鏡をこわしたってさ」

孫はこの祖母についてこれだけの言葉以外は何も知らないと言う。ドルシッラの一件は孫だけが覚えていたのではなく、家族のみなが祖母の話となると持ち出したというのだから、人をその口から洩れた言葉で捉えるという習慣はこの家の人たちに共有されていたものなのだ。それをナタリアは文学に全面的に応用した。だから彼女の父の像は「ニグロみたいなことをするなっ！」という罵詈でまず定義され、その後もひたすら会話の言葉で性格を明らかにされる。

須賀敦子はコルシア書店で家庭内におけるナタリアと同じ立場に身を置いた。観察者にして聴取者——

十一年にわたるミラノ暮らしで、私にとっていちばんよかったのは、この「私など存在しないみたいに」という中に、ずっとほうりこまれていたことかもしれない。なかなか書生気分のぬけない私にとって、それは、無視された、失礼だ、という感想にはつながらなくて、あ、これはおもしろいぞ、いったい彼らはなにを話しているのだろう、と、いつも音無しの構えでみなの話に耳をかたむける側にまわった。

ほら、だからナタリア・ギンズブルグが須賀敦子を作ったと言えるのですよ。

Natalia GINZBURG:
LE PICCOLE VIRTÚ (1962)

白崎容子（しらさき・ようこ）
東京生まれ。東京外国語大学修士課程修了。1972～73年にローマ、2002～03年にフィレンツェとローマに留学。元慶應義塾大学文学部教授。訳書にG・ロダーリ『二度生きたランベルト』、M・プラーツ『官能の庭』『ローマ百景』（ともに共訳）、『ピランデッロ短編集 カオス・シチリア物語』（共訳、第1回須賀敦子翻訳賞受賞）、『ウンベルト・エーコの〈いいなづけ〉』など。著書に『トスカ――イタリア的愛の結末』など。

須賀敦子の本棚3　池澤夏樹＝監修
小さな徳

2018年10月20日　初版印刷
2018年10月30日　初版発行

著者　ナタリア・ギンズブルグ
訳者　白崎容子
カバー写真　ルイジ・ギッリ
装幀　水木奏
発行者　小野寺優
発行所　株式会社河出書房新社
〒151-0051　東京都渋谷区千駄ヶ谷2-32-2
電話　03-3404-1201（営業）　03-3404-8611（編集）
http://www.kawade.co.jp/
印刷　株式会社亨有堂印刷所
製本　加藤製本株式会社

Printed in Japan　ISBN978-4-309-61993-4

須賀敦子の本棚 全9巻

池澤夏樹＝監修

★1　神曲 地獄篇（第1歌～第17歌）〈新訳〉
ダンテ・アリギエーリ　須賀敦子／藤谷道夫 訳
（注釈・解説＝藤谷道夫）

★2　大司教に死来る〈新訳〉
ウィラ・キャザー　須賀敦子 訳

★3　小さな徳〈新訳〉
ナタリア・ギンズブルグ　白崎容子 訳

4・5　嘘と魔法（上・下）〈初訳〉
エルサ・モランテ　北代美和子 訳

6　クリオ〈新訳・初完訳〉
シャルル・ペギー　宮林寛 訳

7　あるカトリック少女の追想〈初訳〉
メアリー・マッカーシー　若島正 訳

8　神を待ちのぞむ〈新訳〉
シモーヌ・ヴェイユ　今村純子 訳

9　地球は破壊されはしない〈初訳／新発見原稿〉
ダヴィデ・マリア・トゥロルド　須賀敦子 訳

★印は既刊

（タイトルは変更する場合があります）